KB078630

비룡잠호

秘龍潛虎

오채지 新무협 판타지 소설

FANTASTIC ORIENTAL HEROES

비룡잠호 5

오채지 新무협 판타지 소설

초판 1쇄 찍은 날 § 2011년 12월 13일
초판 1쇄 펴낸 날 § 2011년 12월 20일

지은이 § 오채지
펴낸이 § 서경석

편집부장 § 권태완
편집책임 § 주소영

펴낸곳 § 도서출판 청어람
등록번호 § 제1081-1-89호
등록일자 § 1999. 5. 31
어람번호 § 제2-2186호

주소 § 경기도 부천시 원미구 심곡2동 163-2 서경B/D 3F (우) 420-822
전화 § 032-656-4452 팩스 § 032-656-4453
http://www.chungeoram.com
E-mail § chungeoram@chungeoram.com

ISBN 978-89-251-2710-1 04810
ISBN 978-89-251-2591-6 (세트)

비룡잠호

秘龍潛捕

5

오채지 新무협 판타지 소설

FANTASTIC ORIENTAL HEROES

도서출판
청어람

目次

第一章
불청객들

석일강이 신분을 묻자 좌중이 한순간 싸늘해졌다. 특히 조
빙빙은 사뭇 당황한 신색으로 살극달을 살폈다.

역용을 하면서까지 이곳으로 온 것은 살극달이 강호의 이
목을 끌고 싶어하지 않았기 때문이다. 한데 자신으로 말미암
아 정체가 백일하에 드러나게 되었다. 비록 그렇게 드러난 정
체마저도 살극달의 진짜 신분은 아니었지만 말이다.

조빙빙의 그런 심중을 눈치챈 제검성의 삼공자 제운학이
발 빠르게 대답을 가로챘다.

"오공녀를 호위하고 온 분들이오. 먼 길의 노고를 치하할

겸 내가 동석을 허락했소."

제운학은 살극달 일행을 조빙빙의 호위무사로 격하시켜 버렸다. 조빙빙의 입장을 고려해 상황을 어물쩍 넘어가려는 속셈인 모양인데, 격이 맞지 않음에도 불구하고 동석을 하게 된 사정을 덧붙인 것도 그 때문이리라.

하지만 석일강과 그의 동생 석부용, 그리고 녹류산장의 구담은 제운학의 말을 전적으로 믿지는 않는 눈치였다.

자하부에서 일어났던 혈사의 여파였다.

강호의 많은 눈이 자하부에 쏠려 있는 상황에서 그곳의 무사가 등장했다는 건 어쨌거나 예사롭지 않은 일이었다.

역시나 석일강은 쉽게 넘어가질 않았다.

"호위무사라고 해도 이름은 있을 거 아니외까?"

"세상엔 자신을 드러내지 않고 싶어하는 호위무사들도 많은 편이지요."

제운학이 거듭 변호를 했다.

"제 형의 말씀은 어폐가 있는 듯하오이다. 호위무사들이 자신을 드러내길 꺼린다는 건 확실히 납득할 만한 얘기지요. 하지만 얼굴을 백일하에 드러내면서 명호는 밝히지 않는다는 건 쉬이 납득하기 어렵군요."

그 순간 살극달은 석일강이 역용을 눈치챘다는 걸 깨달았다. 그래서 이처럼 꼬치꼬치 캐묻는 모양이었다. 역용을 했다는 건 아무래도 무언가를 숨긴다는 뜻이 아니겠는가.

마땅한 대답을 찾지 못한 제운학이 눈살을 찌푸리고 있을 때 석일강이 방점을 찍었다.

"뭐 어쨌거나 신분을 밝히고 싶어하지 않는다면 나도 굳이 따지고 들 생각은 없습니다. 하지만 동석을 한 처지에 누군지도 모르는 사람들과 술을 나눌 수는 없지요."

한마디를 던져 놓은 후 석일강은 시선을 돌렸다. 그가 말하고자 하는 바는 명확했다. 명호를 밝히든지, 아니면 이 자리에서 물러나 호위무사 본연의 자세로 돌아가든지.

어쨌거나 불청객의 입에서 나올 만한 소리는 아니었다. 축객령을 내리자면 오히려 이쪽에서 내려야 할 상황이 아닌가.

살극달은 차라리 이 자리에서 일어나고 싶었다. 신분을 밝히고 안 밝히고의 문제를 떠나 후기지수들의 알력 싸움에 말려들고 싶지 않았다.

하지만 그렇지 않은 사람들도 있었다.

이를테면 산해진미를 눈앞에 두고 시식조차 못한 상태에서 쫓겨나고 싶지 않은 검노, 조빙빙과 제운학의 사이가 궁금해 미칠 것 같은 장자이, 노골적인 무시에 오기가 발동한 매상옥이 그랬다.

"검노라고 한다."

"장자이예요."

"매상옥이외다."

살극달이 뭐라고 할 사이도 없이 세 사람이 자신들의 이름을 줄줄이 말해 버렸다. 자, 이제 어쩔 테냐? 라는 시선으로 노려보는 세 사람과 달리 석일강, 석부용, 구담의 얼굴은 딱딱하게 굳었다.

검노라는 이름 때문이었다.

어느 날 갑자기 자하부에 나타나 남무림 최강의 권사인 철수신룡과 이원로 등을 때려죽였다는 정체불명의 초고수.

자하부의 혈사 이후 종적을 감췄다기에 어디로 사라졌나 했더니 바로 눈앞에서 나타날 줄이야…….

후줄근한 복색을 보고 대수롭지 않은 자들이라 여겼던 석일강은 정신이 번쩍 들었다. 격이 맞지 않다는 생각에 망신을 주어 내쫓으려 했던 생각도 고쳐먹을 수밖에 없었다.

강호에 소문이 자자한 검노라면, 자신 정도가 함부로 건드릴 수 있는 인물이 아니었다. 자연히 이어지는 말투도 사뭇 조심스러울 수밖에 없었다.

"이거 제가 아무래도 큰 결례를 한 모양이군요. 강호에 명성이 자자한 고인을 여기서 뵈어 진정 영광입니다."

석일강이 검노를 향해 정중한 포권지례를 올렸다. 갑자기 꺾인 석일강의 태도가 마음에 들었는지 검노의 얼굴이 조금 풀렸다. 덩달아 장자이와 매상옥도 의기양양한 표정을 지었다. 살극달은 처음이나 지금이나 무심한 얼굴이었다.

"내가 그렇게 유명한가?"

검노가 물었다.

다짜고짜 하대였지만 석일강은 함부로 따지고 들지 못했다. 제아무리 강동석가의 대공자라고는 하나 까마득한 무림의 노선배인데다, 남무림 최강의 권사 철수신룡을 때려눕힐 정도의 초고수에게 공대를 않는다며 따질 강심장이 그에겐 없었다.

"당금 강호에 귀가 달린 사람치고 노선배의 명성을 듣지 못한 자가 없지요. 하지만 소문으로 듣던 것과는 사뭇 다른 모습이시군요."

"소문엔 어떻기에?"

"암소 배만 한 철구 두 개를 머리 위에서 질풍처럼 휘두르며 적진을 종횡하는데, 눈에서는 불이 뿜어져 나오고 일갈을 하면 천둥소리가 난다고 하더군요."

"무슨 그런 턱도 없는 말을. 껄껄껄."

검노가 너털웃음을 흘리며 수염을 쓰다듬었다.

저자에 떠도는 항설을 석일강이 곧이곧대로 믿었을 리 없다. 그럼에도 저리 속되게 옮기는 것은 일종의 대접을 해주려는 것인데, 검노는 가히 나쁘지 않은 기색이었다.

석일강의 눈동자가 미세하게 반짝였다.

그가 조심스럽게 한마디를 붙였다.

"혹시 다른 소문은 듣지 못하셨는지……."

"다른 소문?"

"별거 아닙니다. 혹시나 들은 얘기가 있으신가 해서요."

"지금 노부를 놀리는 것인가?"

검노의 안색이 대번에 굳었다.

석일강은 난감하기 짝이 없다는 얼굴을 하더니 이내 어쩔 수 없다는 듯 입을 열기 시작했다.

"실은 노선배의 행적과는 별개로 내력에 관한 온갖 확인되지 않은 추측들이 떠돌고 있죠. 한데 그 말들이 차마 입으로 옮기기 뭣한 것들이더군요."

"뭐라고 떠들기에?"

"십수 년 전 사천 일대에서 살겁을 저지르고 달아난 흑도의 살성이라거나, 세상에 알려지지 않은 사파의 고수라거나, 세상을 등지고 초야에 은거했던 흉악한 마두라거나……."

"그래?"

검노의 눈동자가 착 가라앉았다.

이미 술맛은 떨어진 지 오래고 금방이라도 흉성을 뿜어낼 것만 같았다.

"무리도 아닌 것이, 철수신룡 진자양은 남무림 최강의 권 사입니다. 어디 그뿐입니까? 자하부의 이원로와 삼뇌는 비록 그 명성이 철수신룡에 미치지 못한다고는 하나 그 나름 대단한 고수들입니다. 그런 자들을 일수에 때려죽인 고수가 등장했으니 이런저런 말들이 나오는 건 당연하지요."

석일강은 지금 검노를 부추겨 정체를 파악하려 하고 있었다. 너무나 뻔한 수작에 살극달은 속으로 고소를 지을 수밖에 없었다.

하지만 한편으로는 석일강이 다시 보였다.

앞서 검노의 정체를 알았을 때 석일강의 눈빛은 분명 당혹감에 사로잡혀 있었다. 그러나 두어 마디를 나눈 후 그는 검노의 단순한 성정을 간파해 버렸다.

짧은 시간에 상대의 성정을 파악하는 안목도 놀랍거니와 정보를 캐기 위해 무리수를 두는 대범함도 놀라웠다.

하지만 늙은 생강은 녹록지 않았다.

석일강의 얘기를 모두 듣고도 검노는 가타부타 말이 없었다. 그는 단지 석일강을 물끄러미 바라보고 있을 뿐이었다.

그러나 그 시선엔 힘이 있었다.

개구리를 마주하고 선 뱀처럼 상대로 하여금 옴짝달싹 못하게 하는 압박감이 그에겐 있었다.

석일강은 마른침을 꿀떡 삼켰다.

"그놈들은 내가 죽인 게 아니다."

"노선배께서 손을 쓰신 게 아니라고요?"

"내가 마지막 숨통을 끊어준 건 분명하지. 하지만 그게 전부는 아니야. 중요한 건 내가 손을 쓰기 전에 이미 그놈들은 죽은 목숨이었다는 거야. 난 단지 다 된 밥에 젓가락만 올려놓았을 뿐."

"......?"

석일강은 영문을 알 수 없다는 표정을 지었다.

죽이면 죽인 거고 아니면 아닌 거지, 이미 죽은 목숨의 숨통을 끊어주었다는 건 또 무슨 말일까? 설마 다른 사람에 의해 다 죽어가는 자들을 그가 마지막으로 손을 썼다는 뜻일까?

검노가 목을 쭉 빼고 속삭였다.

"세상엔 말이다, 보통 사람들은 모르는 무서운 인간들이 있단다. 그것들은 대개 평범한 사람처럼 위장하고 다니지. 심지어 제 나이보다 훨씬 어려 보이기도 하지."

말끝에 검노가 힐끗 곁눈질했다.

사람들은 검노의 한마디 한마디를 소름 끼치게 경청하고 있었다. 그의 눈동자가 돌아가는 걸 놓칠 리가 없었다.

석일강, 석부용, 구담의 머릿속에 퍼뜩 떠오른 생각이 있었다. 세 사람은 약속이나 한 듯 동시에 살극달에게로 시선을 던졌다. 그리고 한 사람이 아직 자기소개를 하지 않았다는 것을 뒤늦게 깨달았다. 갑작스레 검노라는 이름이 튀어나와 당황한 탓이다.

자하부의 혈사에서는 검노와 함께 유명해진 인물이 한 명 더 있었다. 바로 은둔고수인 검노를 불러내고, 한동안 세상을 떠들썩하게 만든 노룡이 가짜라는 걸 밝혀냈으며, 발군의 지혜로 자하부를 탈환하는 데 결정적인 역할을 했다는 정체불명의 지략가.

"살극달이오."

살극달의 입에서 나직한 음성이 흘러나왔다.

"……!"

"……!"

"……!"

석씨 남매와 구담은 유령이라도 본 것처럼 사색이 되었다. 살극달이라는 대단한 지력을 지닌 인물이 있어, 그 나이가 많지 않다는 얘기는 들었지만 이 정도로 젊은 사람일 줄이야.

어떤 면에선 무림의 고수보다 지자가 더욱 위험하다. 비록 가짜로 밝혀졌지만 노룡의 등장으로 한때 강호가 벌집을 쑤셔놓은 것처럼 시끄러웠지 않은가.

그제야 세 사람은, 자신은 단지 마지막 순간에 나타나 숨통만 끊어놓았을 뿐 그들을 사지로 몰아넣은 사람이 따로 있다는 검노의 말을 이해할 수 있었다.

살극달이 함정을 파서 철수신룡 등을 옴짝달싹 못하게 했을 때 검노가 나타나 상황을 평정했다는 뜻으로 받아들인 것이다.

물론 아주 틀린 것은 아니지만, 세 사람은 한 가지 중요한 사실을 모르고 있었다. 그건 살극달이 직접 손을 썼다는 것이다. 검노는 일차원적으로 말을 했는데 세 사람은 지나치게 머리를 굴린 나머지 곡해하고 있었다.

"이런 대단한 분을 앞에 두고서도 미처 알아보지 못했군요. 결례를 용서하십시오."

석일강이 포권지례를 했다.

처음 나타날 때와 달리 돌변한 태도에 곁에서 지켜보던 장자이와 매상옥은 인상을 찌푸리지 않을 수 없었다. 상대를 봐가면서 태도를 정하는 이런 부류가 두 사람은 마음에 들지 않았다.

"소문이 많이 떠도는 모양이오."

살극달이 말했다.

"무슨……? 아, 아까 그 얘기 말씀이군요. 소문이란 게 원래 그렇지 않습니까. 신경 쓰지 마십시오."

"신경을 쓰는 쪽은 우리가 아니라 귀하인 것 같소만."

"……?"

살극달의 거침없는 반격에 석일강은 당황한 듯했다. 살극달이 속내를 정확하게 간파하고 있으니 이쯤 되면 뜨끔하기도 할 것이다.

아니나 다를까, 석일강의 얼굴에는 과연 대단한 통찰력의 소유자라는 감탄의 기색이 역력했다.

살극달을 상대하기가 조심스러웠는지 석일강은 조빙빙을 돌아보며 슬그머니 화제를 돌렸다.

"그나저나 자하부는 이제 안녕을 되찾은 겁니까?"

"자하부는 건재합니다. 앞으로도 그럴 것이고요."

조빙빙이 말했다.

"당연히 그래야겠지요. 이토록 뛰어난 지자와 고수를 품었으니 자하부의 앞날은 밝다고 할 수 있을 겁니다."

지자는 살극달을 말하고 고수는 검노를 말하는 것이었다. 결코 부러워서 하는 말이 아닐 터. 뒤이어 이어지는 질문에 석일강의 속내가 숨어 있었다.

"한데 자하부도 이번 무림대회에 참가하시는 겁니까?"

독고설란을 대신해 자하부의 대표 자격으로 온 것인지를 묻는 것이다. 뇌정신군이 죽고 혈사까지 일어난 마당에 자하부가 무슨 정신으로 참가하겠는가.

그럼에도 불구하고 조빙빙이 온 걸 보면 믿는 구석이 있지 않느냐는 게 석일강의 생각인 모양이다. 석일강의 말 속에는 뜻 모를 경계심이 가득했다.

"석 공자께서는 자하부의 행보에 관심이 많으신가 봅니다."

"제가 그렇게 보였습니까? 하하, 전 다만 자하부가 어려운 상황에도 불구하고 오공녀께서 걸음을 하신 터라 반가운 마음에 여쭌 것입니다. 혹여 언짢으셨다면 사과드립니다."

"호의는 고맙지만 더는 마음을 쓰지 않으셨으면 좋겠습니다. 당사자가 원하지 않는 국외자의 호의는 부담이 될 수도 있습니다."

조빙빙의 목소리는 냉랭했다.

앞서 검노의 얘기를 비롯해 석일강이 계속 무언가를 캐내려고 한다는 느낌을 강하게 받았기 때문이다.

"내가 물어도 마찬가지로 대답하실 수 있겠소?"

여태 말없이 자리를 지키고 있던 구담이 처음으로 입을 열었다. 사람들의 시선이 일시에 구담에게로 향했다.

"무슨 말씀이신지요?"

조빙빙이 물었다.

"강동석가는 제외하더라도 녹류산장은 제삼자가 될 수 없소. 그리고 나는 자하부의 무림대회 참석 여부를 확실하게 알아야겠소."

"어째서 그런가요?"

"삼 년 전 내 아우 구옥이 자하부의 일공자 이천풍에게 죽었소."

"그건 정당한 비무였고, 비무 도중에 발생한 사고에 대해서는 책임을 묻지 않는 것이 용봉지연의 불문율 아니었던가요?"

"진정으로 그리 생각하시오?"

"너무나 당연한 말씀을 하시는군요."

"오공녀의 말처럼 용봉지연의 비무가 순수했다면 지난날 그처럼 많은 후기지수가 죽지 않았겠지. 용봉지연이 해를 거듭할수록 복수전이 되고 있다는 사실을 오공녀께서도 부인하지 못할 것이오."

"그래서 지금 그 복수를 하겠다는 건가요?"

"부인하지 않겠소. 처음 용봉지연을 만들 때의 맹약에 따라 녹류산장은 앞으로도 자하부를 치는 일은 없을 거요. 하지만 용봉지연에서라면 다르지. 이만하면 내가 왜 용봉지연에 참석하는지를 물을 자격이 충분하지 않소?"

복수를 하겠다고 당당하게 공언하는 구담의 태도에 사람들은 당황했다. 특히 주연을 만든 장본인인 제운학은 잔뜩 불쾌한 표정을 지었다. 그가 말했다.

"구 선배, 제 얼굴을 봐서라도 이런 자리에서 굳이 그런 얘기를 꺼내실 필요가 있습니까?"

제운학은 구담을 선배라고 불렀다.

십패의 후기지수들 사이에서 왕래가 있을 건 뻔한 일. 그 나름 무림인이 된 시기를 놓고 선후배의 관계가 만들어진 모양이다.

"내 너에게는 따로 사과를 하마. 하니 지금은 나를 이해해다오."

"선배께서 구옥이를 잃고 비탄에 젖어 지냈다는 건 알고 있습니다. 하지만 소제의 얼굴을 이렇게까지 깎아내리실 줄은 몰랐습니다. 섭섭하군요."

"거듭 말하지만 따로 사과를 하마."

분위기가 묘했다.

제운학은 분명 구담을 선배라고 부르는 것으로 그 자신을 아래에 두었다. 한데 구담은 제운학에게 깍듯이 예를 갖췄다. 왠지 어려운 동생을 대하는 느낌이랄까.

제운학도 더는 따지고 들지 못했다.

구담이 저렇게까지 나오니 그로서도 무작정 강하게 밀고 나갈 수만은 없는 노릇이었다. 그건 두 사람이 무림의 단순한 후기지수들이 아닌 제검성과 녹류산장의 혈족이기 때문이었다. 특히 구담은 지금 이것이 문파 차원의 일이라는 걸 은연중에 드러내고 있었다.

제운학이 조빙빙을 향해 고개를 끄덕였다.

적당히 응대를 해주라는 뜻이다.

하지만 조빙빙은 마땅히 할 말을 찾지 못했다.

논리 싸움에서 졌다기보다는 노골적으로 복수 운운하는

구담의 태도에 항변하기가 껄끄러운 탓이었다.

한편, 살극달은 맹약에 따라 녹류산장이 자하부를 치는 일은 없을 거라는 구담의 말에 주의를 기울였다.

재밌는 상황이지 않은가.

용봉지연이 해를 거듭할수록 문파 간의 원한이 깊이 쌓여가지만 역설적이게도 바로 그 용봉지연이 확전을 막고 있으니 말이다.

다르게 생각하면 애초 전쟁을 막기 위해 만든 용봉지연이 또 다른 형태의 원한을 낳고 있다고도 볼 수 있었다.

하지만 사람들은 알까?

그들이 용봉지연에 참석하기 위해 결집하는 사이 오히려 그 순간을 노리는 누군가가 있다는 걸, 용봉지연이 벌어지는 현장은 결국 피로 물들 거라는 것을 말이다.

"용봉지연은 열리지 않을 것이오."

살극달이 말했다.

긴 침묵 끝에 흘러나온 분명하고도 단호한 목소리였다. 사람들의 시선이 일시에 살극달을 향했다.

"무슨… 뜻이오?"

구담이 살극달에게 물었다.

이천풍이 새겨놓았다는, 얼굴을 가로지른 흉터가 묘하게 꿈틀거렸다.

"말 그대로요. 용봉지연은 열리지 않을 것이오."

"천하무림이 주시하고 있는 무림대회요. 무슨 근거로 그런 말을 하는지 모르겠지만 용봉지연은 반드시 열릴 것이오."

"설혹 열린다고 하더라도 자하부가 참가하는 일은 없을 것이오. 더불어 자하부는 앞으로도 용봉지연에 참가하지 않을 것이오."

"그건 귀하의 뜻이오, 아니면 자하부주의 뜻이오?"

"용봉지연의 숨은 폐단을 안다면 부주께서도 분명 그리하실 것이오."

구담이 조빙빙을 돌아보았다.

조빙빙의 의향을 묻는 것이다.

구담으로서는 살극달의 말을 전적으로 신뢰하기가 어려웠다. 그가 자하부의 가솔이 되었는지도 현재로선 정확하게 알 수 없을뿐더러, 자하부를 대표한다고도 볼 수 없었기 때문이다.

하지만 조빙빙은 다르다.

일, 이, 삼공자가 모두 죽은 지금 조빙빙은 명실공히 부주의 뜻을 가장 잘 아는 자하부의 실세다. 더구나 자하부를 대표해 이들을 이끌고 온 장본인이지 않은가.

"부주께서는 분명 그리하실 겁니다."

조빙빙이 또렷한 음성으로 대답했다.

구담은 일순 당황한 얼굴이 되었다.

애초 그는 동생을 죽인 이천풍과의 일전을 고대하며 무려 천 일 동안이나 폐관 수련을 했다. 한데 폐관 수련을 마치고 나와 보니 느닷없이 자하부에 혈사가 일어났다.

뇌정신군은 물론 적전제자인 이천풍과 막수혼이 죽고, 엽사담은 행적을 알 수 없으며 애송이 계집에 불과했던 독고설란은 부주가 되었다.

불과 반년이라는 짧은 시간 동안에 말이다.

구담은 독고설란과 직접 일전을 겨루고 싶었지만 독고설란이 용봉지연에 참가할 리도 없을뿐더러, 상대 문파의 문주를 함부로 칠 수도 없었다. 그랬다간 맹약을 어긴 것이 되어 녹류산장은 전 강호인의 지탄을 받을 것이다.

이런 상황에서 조빙빙이 나타났다.

독고설란을 제외하면 조빙빙은 오성군 중 유일하게 남은 적전제자이자 자하부의 막강한 실세다. 구담은 조빙빙을 죽여서라도 동생의 복수를 하고 싶은 것이 솔직한 심정이었다. 좀 더 솔직히 말하면 조빙빙을 죽여 자하부를 경동시키고 싶었다.

한데 용봉지연에 참가하지 않을 거라니.

구담에게는 날벼락이 따로 없었다.

그 순간, 살극달이 자리에서 일어났다.

살극달이 조빙빙을 향해 물었다.

"난 이만 가볼까 하오만."

"저도 그만 가겠어요."

말과 함께 조빙빙은 덩달아 일어나 제운학을 향해 정중한
태도로 양해를 구했다.

"먼저 실례해야겠어요. 인연이 있다면 좋은 날 다시 만나
편하게 얘기 나눠요."

조빙빙은 '인연이 있다면' 이라는 말로 제운학과의 거리를
분명히 했다. 지난날의 인연으로 스스럼없이 지내는 사이이
기는 하지만 일부러 시간을 내서 만나야 할 만큼 가까운 사이
는 아니라는 뜻이다. 이는 다분히 살극달을 염두에 둔 말이었
지만 정작 살극달은 무관심했다.

"그러지, 뭐."

제운학이 뒤통수라도 맞은 사람처럼 당황해하며 말했다.
애써 마련한 자리를 박차고 나간다는 게 못내 미안한지 조빙
빙은 제운학을 향해 다시 한 번 고개를 숙였다. 이어 석씨 남
매와 구담에게도 가볍게 인사를 한 다음 살극달에게 살짝 고
개를 끄덕였다. 이제 그만 가자는 뜻이었다.

상황이 이렇게 되자 장자이와 매상옥은 얼떨결에라도 일
어날 수밖에 없었다.

티격태격하는 바람에 산해진미를 놓고도 그냥 가게 생긴

검노는 얼굴 가득 못마땅한 표정을 지었다. 그 역시 뜨뜻미지 근하게 몸을 일으켰다.

하지만 상황이 그렇게 물처럼 흘러가진 않았다.

계단을 내려간 살극달이 걸음을 옮기려는 순간 일단의 무리가 앞을 막아섰다.

숫자는 이십여 명. 검을 허리나 등에 차지 않고 한 손에 들었는데, 그 기세가 하나같이 사나웠다. 그 순간 살극달의 귓속으로 장자이의 전음이 파고들었다.

[구담이 데려온 고수들이에요. 강호에선 저들을 일컬어 생사령(生死靈)이라고 하는데 녹류산장의 숱한 정적들을 죽인 살인귀들이죠. 생사령까지 등장한 걸 보면 단단히 각오를 하고 온 것이 분명해요.]

"이게 무슨 짓이죠?"

조빙빙이 냉랭한 음성으로 물었다.

살극달은 의아했다.

자신은 논외로 치더라도 검노라는 대단한 고수가 이 자리에 있다. 저들의 입장에선 시비를 걸어봤자 검노 한 사람도 꺾을 수가 없다. 그런데도 구담은 왜 저렇게 무모하게 나오는 건가?

녹류산장이라는 이름에 자신이 있기 때문이다.

검노가 제아무리 대단한 고수라고 해도 감히 녹류산장을

향해 함부로 도발하지 못할 거라는 계산이 있는 것이다. 거기
에는 담력이 큰 구담 특유의 성정이 한몫을 했다.

반면, 분위기가 살벌하게 돌아가자 제운학은 안절부절못
하는 기색이었다. 하지만 어쩐 일인지 적극적으로 개입해 화
해를 권유하지도 않았다.

구담은 앞에 놓인 술잔을 태연히 집어 들어 깨끗이 비운 후
에야 천천히 몸을 일으켰다. 이어 조빙빙을 돌아보며 말했다.

"앞으로도 용봉지연에 참가하지 않겠다는 것은 지난날의
맹약에서 자유롭겠다는 뜻으로 받아들여도 무방하겠소?"

지난날 용봉지연을 만들면서 십패가 약속한 상호불가침의
맹약에서 벗어나겠다면 녹류산장도 굳이 울타리 안에서 행동
하지 않겠다는 뜻이다. 그렇게 되면 용봉지연을 통하지 않고
서도 얼마든지 복수를 할 수 있었다.

예사롭지 않은 구담의 한마디에 조빙빙은 소름이 돋았다.
녹류산장이 저토록 복수에 집착한다면 어떤 선택을 해도 소
용이 없을 것이다. 어차피 정해진 길이라면 대범하게 반응할
밖에.

"녹류산장의 입장은 충분히 알겠어요. 그대로 부주께 전하
죠."

조빙빙은 간단하게 대답한 후 걸음을 옮겼다.

하지만 녹류산장의 무인들은 꿈쩍도 하지 않았다. 구담의

명령이 떨어지지 않았기 때문이다.

더는 조빙빙에게만 맡겨둘 수 없었다.

살극달은 무심하지만 강한 힘이 담긴 눈길로 구담을 돌아보았다.

"피를 볼 작정이오?"

"자하부가 멸문지화를 당한 거나 다름없다는 말은 헛소문이었군. 녹류산장의 장자인 나를 상대로 이렇듯 거칠게 나오니 말이오."

"녹류산장과 자하부 사이에 생긴 일은 나와 아무런 관련이 없소."

"나 역시 귀하에겐 어떤 적의도 없소. 더불어 귀하가 진정 국외자라면 녹류산장은 어떠한 경우에도 귀하에게 위해를 가하는 일은 없을 거라고 약속하오."

자하부의 일에서 손만 뗀다면 녹류산장과 싸울 일은 없다는 뜻이다. 반대급부로 말하면, 계속 자하부와 엮일 경우 녹류산장 차원에서 징치를 하겠다는 뜻이다.

한마디로 자하부와 녹류산장의 싸움에 개입하지 말아달라는 것인데, 살극달이 자하부를 살린 인물이라는 것을 알고도 저렇게 나오는 것을 보면 자신들의 무력에 어지간히 자신이 있는 모양이었다.

당연한 일이었다.

산서의 패자이자 천하십패의 한곳을 당당히 차지한 녹류산장이 일개 지자의 활약상이 두려워 몸을 사릴 이유가 없었다. 그나마 딱 한 번 보여준 능력이 아니던가.

"무릇 문파의 존망은 스스로 책임지는 것, 자하부 역시 자신들의 생사존망은 스스로 만들어야 할 것이외다. 그러나……."

밝아지던 구담의 얼굴이 마지막 한마디에 이르러 살짝 굳어졌다. 반면, 어두워지던 조빙빙의 얼굴은 오히려 밝아졌다. 싸늘한 침묵이 오가는 가운데 살극달의 한마디가 이어졌다.

"자하부의 부주가 손을 내밀면 난 언제든 잡아줄 것이오."

할 말을 모두 끝낸 살극달이 다시 돌아섰다.

앞에는 이십여 명의 생사령이 아직도 버티고 서 있었다. 검파에 슬그머니 손을 가져가는 것을 보면 싸움이 일어날 것을 본능적으로 직감한 모양이었다.

그때 검노가 매상옥을 향해 손을 뻗으며 말했다.

"내가 맡긴 물건 있지? 그거 좀 꺼내봐라."

"뭘 말입니까?"

"등에 짊어진 그거."

매상옥이 뜨악한 얼굴을 했다.

언제부턴가 검노의 철구는 매상옥이 짊어지고 다녔다. 그걸 달라는 것은 한바탕 살겁을 열겠다는 것이다.

하지만 쇠사슬과 철구를 연결하고 있는 고리는 살극달이 가지고 있었기에 검노의 이런 말은 엄포에 불과했다.

매상옥은 눈치가 빠른 사람이었다.

"알겠습니다. 웃차."

말과 함께 매상옥이 과장된 동작으로 가죽 바랑을 내려놓았다. 이어 입구를 슬며시 까뒤집자 녹이 어슬어슬 슨 철구가 반쯤 모습을 드러냈다.

검노가 장삼의 소매를 거칠게 찢었다.

이번엔 뼈다귀처럼 앙상한 팔뚝을 감고 있던 쇠사슬이 모습을 드러냈다. 검노는 아무런 말도 없이 쇠사슬을 치렁하게 풀어서는 그 끄트머리를 매상옥에게 던졌다.

"걸어라."

고리가 없는데 어떻게 건단 말인가.

하지만 매상옥은 일절 내색을 하지 않고 끄트머리를 쥐고는 철구의 꼭지로 가져갔다. 이쯤 되자 생사령의 얼굴은 사색이 되었다.

제운학의 얼굴도 딱딱하게 굳었다.

구담의 체면을 봐서 여태 참고 있던 그는 더는 두고 볼 수가 없었던지 앞으로 나서며 말했다.

"선배, 이제 그만하시지요."

거듭되는 제운학의 청을 거절할 수 없었던지 구담은 꼭 다문 입술로 생사령을 향해 턱짓을 했다. 철벽처럼 버티고 서 있던 생사령이 거짓말처럼 갈라졌다.

조빙빙과 살극달 일행이 그렇게 갈라진 길 사이로 유유히 지나갔다. 사람들이 저만치 멀어졌을 때 제운학이 조용히 뇌까렸다.

"또다시 예정에 없던 행동을 하시면 그땐 그냥 넘어가지 않겠습니다."

지금까지와 달리 착 가라앉은 목소리였다. 더불어 감히 항거할 수 없는 위엄이 실려 있었다.

앞서 선배라고 부를 때와는 다른 어투, 태도였다. 하지만 구담은 한마디의 반박도 하지 못했다. 마치 어쩔 수 없다는 듯 굳은 얼굴로 조용히 술만 마실 뿐이었다.

석일강은 제운학에게 다가가 조심스럽게 말을 건넸다.

"어떻게 보셨습니까?"

"……"

제운학은 말이 없었다.

그는 멀어져 가는 살극달 일행의 뒷모습만 뚫어져라 응시하고 있었다. 석일강이 다시 말했다.

"검노라는 저 늙은이는 그렇다고 쳐도, 살극달이라는 자도 상대하기가 여간 까다로운 자가 아닙니다."

"두고 보면 알겠지요."

"일단 사람을 붙여야겠지 않습니까?"

"그건 알아서들 하시오."

말과 함께 제운학은 구담을 한 번 슬쩍 바라본 후 조용히 장내를 떠났다. 십 인의 수하가 그의 뒤를 따랐다.

第二章
석가주를 만나다

"녹류산장은 광동진가와는 달라요. 문파가 지닌 무력도 그렇지만 장주 뇌천자(雷天子) 구적산은 불패의 신화를 지닌 초고수예요. 뇌정신군이 살아 있었다면 또 모를까, 그가 죽고 자하부의 전력이 절반으로 줄어든 지금의 상황에서 만에 하나 전면전이라도 벌어지면 자하부는 멸문지화를 면치 못할 거예요. 구담의 태도로 봐서는 그냥 넘어가지 않을 것 같은데, 뭔가 대책을 세워야 하지 않겠어요?"

기루를 빠져나와 사람들로 가득한 호반을 걷는 중에 장자이가 한 말이다. 언제부턴가 그녀는 마치 자하부가 자신의 문파라도 된 것처럼 걱정했다.

장자이가 생각한 걸 어찌 조빙빙이라고 모르겠는가. 그녀 역시 구담의 마지막 말이 적잖게 걸렸다. 게다가 녹류산장은 한 번 입은 피해에 대해서는 끝까지 추적해 보복을 하는 것으로 유명했다. 아무리 정당한 비무라고는 하나 장주의 아들이 죽었으니 그냥 넘어갈 리 만무했다.

마땅한 대안이 생각나지 않은 조빙빙은 본능적으로 살극달을 돌아보았다. 언제부턴가 난관에 부딪칠 때마다 저도 모르게 살극달에게 의지하게 되었다.

하지만 살극달은 무덤덤하게 반응했다.

"이천풍은 왜 구담의 아우를 죽였소?"

"녹류산장의 후기지수들은 용봉지연에 참가하는 날 아침 장주에게 대례를 올린다고 하더군요. 이기거나 죽기 전엔 돌아오지 않겠다는 뜻에서 올리는 마지막 하직 인사죠. 구담의 아우 구옥은 일시형의 상대가 되질 않았어요. 일사형은 그의 목숨만큼은 빼앗지 않기 위해 시간을 끌며 여러 차례 부상을 입혔어요. 하지만 용봉지연은 상대가 패배를 시인하기 전에는 끝나지 않는다는 규칙이 있죠. 구옥은 그의 아비 녹류산장주가 지켜보는 가운데 끝까지 싸웠고, 결국엔 위기에 처한 일사형이 살수를 펼칠 수밖에 없었죠."

적의 칼에 쓰러질지언정 패배자로 돌아오지는 마라? 잔인하기 짝이 없는 가풍이다. 하지만 살극달이 궁금한 건 그게 아니었다.

"자하부가 녹류산장에 원한을 진 일이 있소?"

"제가 아는 바에 한해선 없어요."

"오공녀가 모르는 선에선 있을 수도 있다는 말이오?"

"사부님께선 워낙 독선적이고 고집이 센 분이라 저희가 모르는 모종의 일이 있지 말란 법이 없지요. 어쩌면 사부님께서 강호를 종횡하던 시절의 묵은 은원일 수도 있고. 사실 사부님께선 십패의 다른 패주들과도 그다지 좋은 관계는 아니었어요."

"좋은 관계가 아니었다면?"

"대면대면하달까? 불편하달까? 심지어 사부님께서는 용봉지연에 제자를 참가시키는 것도 내키지 않아하셨죠. 강동석가의 가주가 사람을 보내 간곡히 청하지 않았다면 정말로 참가시키지 않았을 거예요. 그랬다면 지금처럼 녹류산장과 나쁜 관계가 되지도 않았겠죠. 한데 그건 왜 묻는 거죠?"

"이해가 되지 않아서 말이오. 어떤 세력의 힘이 커지면 필연적으로 명분이라는 것의 눈치를 보지 않을 수 없소. 녹류산장은 산서의 패자를 자처하는 거대 문파인데, 비무 과정에서 생긴 불상사를 두고 무림에서 차지하는 위치에 어울리지 않게 저토록 노골적으로 적의를 보이는 것이 이상하지 않소?"

"그건 자하부도 마찬가지예요."

불쑥 끼어든 사람은 장자이였다.

그녀가 말을 이었다.

"오공녀가 계신데 이런 말을 하긴 좀 그렇지만, 자하부도 그다지 명분을 따지진 않았죠. 고인이 되신 뇌정신군은 자타가 공인하는 폭군이었어요. 문 내의 일을 처리하는 것도 그렇지만, 대외적으로 일어난 일에 대해서도 자파에 해를 입히는 사안이라면 강호의 눈치를 보지 않았죠. 따지고 보면 그건 녹류산장이나 자하부만의 문제는 아니었어요."

"무슨 말이야?"

"십패 모두가 그런 면이 있거든요. 짧은 시간에 거대 문파로 성장한 세력의 한계라고나 할까? 하긴, 어쩌면 그게 강호라는 세상이 지닌 태생적 본성일 수도 있죠. 힘을 키우는 게 군림을 하기 위한 건데, 남의 눈치를 볼작시면 힘을 키울 이유도 없는 거죠."

그럴 수도 있다는 듯 살극달은 미세하게 고개를 끄덕였다.

장자이의 말이 이어졌다.

"여하간 십패 중에서도 녹류산장이 유독 비난을 받았는데, 여기에는 그럴 만한 이유가 있어요. 녹류산장은 본래 산서의 산악지대에 둥지를 튼 거대한 산채에 문파의 뿌리를 두고 있죠. 그들 말로는 악질적인 대지주와 부패한 탐관오리들에 대항하기 위한 결사(結社)라고 하지만, 그거야 어디까지나 그들의 주장이고, 강호인들이 보는 시각에선 녹림채의 한곳이죠. 다만 천하의 녹림맹조차도 함부로 건드릴 수 없을 만큼 뛰어난 고수들이 많았다는 것이 다르지."

녹류산장의 뿌리가 산채라는 말은 정말 의외였다. 일개 산채가 어떻게 강호의 십대문파 중 하나로 성장할 수 있었던 걸까?

"그때까지만 해도 일개 산채에 불과했던 그들이 백백궁의 혈사 이후 갑자기 이름을 드날리기 시작하더니 불과 반세기가 지나기도 전에 천하 십대문파 중 하나로 우뚝 섰죠. 걸레는 빨아도 걸레인지라, 평소엔 명문정파처럼 행동하지만 자파에 조금이라도 위해가 가해진다면 과거의 습관이 튀어나와 수단과 방법을 가리지 않고 보복을 하죠. 그게 녹류산장이 지금까지 보인 행태예요."

"하고 싶은 말이 뭐야?"

"구담은 자하부가 용봉지연에 참가하지 않는 걸 두고 속으로 쾌재를 부를지도 몰라요. 그 바람에 가장 그들다운 방식으로 복수를 할 수 있게 되었으니까."

"그렇게 되지도 않겠지만, 굳이 제 손으로 무덤을 파겠다면 어쩔 수 없지."

"무슨… 말씀이죠?"

"맹약을 지키지 않아도 된다면 반가운 쪽은 오히려 우리라는 얘기다."

말과 함께 살극달이 뒤를 슬쩍 돌아보았다.

장자이 역시 살극달의 시선을 쫓아 뒤를 돌아보았다. 처음 얘기를 꺼냈다가 장자이에 대화의 주도권을 빼앗긴 조빙빙도 뒤를 돌아보았다.

멀지 않은 곳에 살극달의 뒤통수를 노려보며 따르는 검노가 있었다. 그는 세 사람의 시선이 자신에게로 쏟아지자 눈알을 희번덕거렸다.

산해진미를 눈앞에 두고도 그냥 온 것 때문에 안 그래도 분통이 터지는데 뭘 꼬나보냐는 얼굴이다.

다른 사람은 몰랐지만 조빙빙은 그 의미를 알 수 있었다. 지난날 대륙을 질타한 검노야말로 이런 싸움의 달인이다. 거기에 전쟁의 신 노룡까지 있다. 아무것도 지키지 않아도 되고 눈치도 볼 것 없다면 녹류산장 하나쯤 무너뜨리는 것은 어렵지 않으리라.

살극달이 어리둥절해하는 사람들에게 말했다.

"잠시 다녀올 데가 있으니까 다들 흩어지지 말고 근처에서 요기나 하고 있어."

"어디 가시게요?"

장자이가 물었다.

"석가주를 만나야겠어."

"……!"

"……!"

강동석가의 가주 만난다는 얘기를 동네 사람 만나는 것처럼 말하는 살극달의 태도에 사람들은 어안이 벙벙했다. 그가 어디 만나고 싶다고 쉽게 만날 수 있는 사람이란 말인가.

"제가 함께 가겠어요."

조빙빙이 말했다.

그녀는 살극달의 의도를 짐작하고 있었다.

"여러모로 불편할 것이오."

살극달이 말했다.

조빙빙은 자하부의 오공녀, 그녀가 등장하면 사람들이 너도나도 자하부의 혈사에 관해 안부를 묻는 척 정탐을 할 것이다.

조빙빙으로서는 그야말로 불편하고 난감한 일이 될 수밖에 없었다. 살극달이 자신을 배려해서 한 말이라는 걸 너무나 잘 아는 조빙빙이 재우쳐 말했다.

"석가주를 만나려면 저의 신분이 꼭 필요할 거예요."

살극달은 물끄러미 조빙빙을 바라보았다.

조빙빙의 말이 틀린 건 아니지만, 그녀를 사람들이 많은 곳에 데려간다는 게 어쩐지 잔인하게 느껴졌다. 하지만 조빙빙의 태도가 워낙 완강해 어쩔 도리가 없었다.

"그렇게 합시다."

"저도 가겠어요."

살극달의 안색이 바뀌는 걸 알아차린 장자이가 서둘러 말했다.

"너는 또 왜?"

살극달이 묻자 장자이는 매상옥을 힐끗 돌아보았다. 이어 과장되게 걱정스러운 표정을 지으며 말도 안 되는 소리를 늘어놓았다.

"저 인간이 언제 해코지를 할지 모른단 말이에요."

"여태 아무 일 없었는데 무슨 소리야?"

"그동안은 다른 사람들도 함께 있었잖아요."

"내가 가도 검노가 함께 있잖아."

"그들이 사승의 관계라는 걸 잊었나요?"

"주종이다."

검노가 빽 소리를 질러 장자이의 말을 정정했다. 장자이는 움찔 놀라더니 얼른 살극달의 옆구리에 매미처럼 달라붙었다. 빤히 보이는 장자이의 연극에 사람들은 실소를 흘렸다.

살극달은 이제 매상옥과 검노를 바라보았다.

검노는 세 사람이야 가든 말든 자신은 얼른 객점에 들어가 주린 배를 채워야겠다는 얼굴이었다. 하지만 과연 저 천방지

축 검노를 매상옥에게만 맡겨두어도 될까?

'하나같이 골칫덩어리들뿐이군.'

"그럼 다 같이 간다."

"우리가 왜?"

검노가 물었지만 살극달은 뒤도 돌아보지 않고 걸음을 옮겼다. 조빙빙과 장자이가 잰걸음으로 따라붙었다. 검노는 멀어져 가는 세 사람의 뒤통수를 뜨뜻미지근하게 바라보다가 마지못해 걸음을 옮겼다.

*　　　*　　　*

살극달은 수서호의 물길을 따라 북쪽으로 걸었다. 머지않아 호수를 오른쪽에 두고 광활한 수림이 나타났다.

겨울을 목전에 둔 지금, 수림의 나무들은 잎을 모두 떨어뜨려 앙상한 가지를 드러냈다. 속살을 드러낸 수림의 중앙에 강동석가의 장원이 위용을 자랑하고 있었다.

"누구를 만나러 왔다고?"

정문을 지키는 수문무사가 새끼손가락으로 귓구멍을 후비며 한 말이다. 그가 말을 하는 와중에도 또 다른 수문무사들은 석가장을 찾아온 사람들을 엄중하게 검문하고 있었다.

"하일검제 석단룡 대협을 뵈러 왔습니다."

조빙빙이 말했다.

"이 양반들이 멀쩡하게 생겨서 뭘 잘못 먹었나. 강동석가의 가주는 함부로 만날 수 있는 분이 아니오. 더구나 지금은 무림의 명숙들을 맞이하느라 몸이 열 개라도 모자라는 판에 어디서 듣도 보도 못한 사람들이……."

"자하부에서 온 조빙빙이라고 합니다."

조빙빙이 수문무사의 말을 자르고 들어갔다.

일이 복잡해지는 걸 원치 않은 탓에 여태 신분을 밝히지 않았지만 더는 불필요한 언쟁을 하고 있을 수가 없었다.

과연 수문무사의 얼굴이 딱딱하게 굳어졌다.

"저, 정말 자하부에서 오셨소?"

"긴한 얘기로 가주를 뵈어야 하니 속히 기별을 넣어주세요."

조빙빙이 거듭 말했다.

당황한 수문무사는 자신의 선에서 처리할 일이 아니라고 판단했는지 상급자를 불러왔고, 상급자는 사실 확인을 위해 몇 번이나 질문을 해 조빙빙을 귀찮게 했다. 그들로서는 조빙빙을 한 번도 본 적이 없는 것이다.

급기야 장자이가 나서서 '금방 들통 날 거짓말을 왜 하겠어요. 정 그렇게 의심스러우면 오공녀를 알 만한 사람을 데려와 보든가' 라고 버럭 고함을 질러서야 수긍을 했다.

하지만 만약의 경우를 대비해 사람을 붙여놓는 것을 잊지 않았다.

"따라오시지요."

자신을 지객당 소속의 하림이라고 소개한 자가 말했다.

정문을 통과해 처음 나타난 것은 수많은 전각으로 둘러싸인 커다란 공터였다. 그 규모가 실로 범상치 않더라니 중심부에는 용봉지연을 위한 막바지 공사가 한창이었다.

백여 평 정도의 넓이로 쌓은 단은 대리석으로 초석을 다지고 모래를 고르게 깔았는데 아마도 저곳이 비무대인 듯했다.

비무대는 주변의 평지보다 일 장 정도는 높아서 공터의 어느 곳에서도 훤히 볼 수 있게 했다. 또한 네 귀퉁이에는 강동 석가의 문장인 커다란 황금 사자기(獅子旗)가 바람에 쉴 새 없이 펄럭였다. 그 광경이 묘하게 사람의 심장을 뛰게 했다.

피가 뜨거운 사람이라면 누구라도 저 비무대에 올라 많은 사람의 시선을 한 몸에 받고 싶으리라.

"살다 살다 저렇게 넓고 요란한 비무대는 처음 보는군. 저 무식한 높이는 또 뭐야? 저기를 뛰어올라 올 수 있는지가 첫 번째 관문이라도 된다는 건가?"

검노가 못마땅하다는 듯 중얼거렸다.

일생의 대부분을 북방에서 보낸 그는 비무대를 실제로 본 일이 별로 없었다. 그럼에도 불구하고 저런 소리를 하는 것은 들은풍월이 적지 않기 때문인데, 과연 그의 말처럼 비무대는 살극달 등에게도 낯설었다.

"최대한 화려하게 보이고 싶었나 보죠."

장자이가 대수롭지 않다는 듯 말했다.

어찌 보면 그런 듯도 했다.

십패 중 가장 부유한 곳인 석가장에서 처음으로 치르는 용봉지연이니 비무대의 재질이나 규모 등을 최고로 만들고 싶었을 수도 있다.

사람들은 멀리서 비무대를 바라보며 계속 하림의 꽁무니를 쫓았다. 하지만 석가주를 만나는 일은 순탄치 않았다.

하림이라는 자는 미로 같은 장원을 요리조리 들어간 끝에 각양각색의 무림인들로 북적이는 건물, 아마도 지객청으로 짐작되는 그곳의 어느 방 안에 살극달 일행을 집어넣었다. 그러고는 기다리라는 한마디만 달랑 던져 놓은 채 사라져 버렸다.

"석가주가 만나줄까요?"

장자이가 물었다.

"두고 보면 알겠지."

살극달은 말을 아꼈다.

머릿속에는 무언가 더 복잡한 생각이 들어 있는 것 같은데 그는 좀처럼 말을 않았다.

그림자가 길어지도록 찾아오는 사람은 없었다. 시간은 계속해서 흘러 등을 밝히지 않으면 주위를 볼 수 없을 만큼 캄캄해졌다.

한 사람이 찾아온 것은 그 무렵이었다.

관자놀이를 향해 뻗은 눈초리가 흡사 칼날처럼 날카로운 중년의 검사였다.

"호법당주 조철건입니다."

사내가 정중하게 포권지례를 했다.

명칭은 조금씩 달라도 어느 문파나 장원의 경계와 안전을 책임지는 조직을 하나씩은 둔다. 그 조직에 속한 무사들을 통칭 호법무사라고 하는데 숫자로나 무공의 고하로나 문 내 최대 최고의 고수들로 구성하는 것이 대부분이다.

그런 곳을 이끄는 자가 저토록 젊을 줄이야.

새로 나타난 사람이 중년의 나이에 어울리지 않게 상당한 신분의 소유자인지라 사람들은 적잖게 놀랐다.

사람들은 몰랐지만 조철건은 살극달 일행이 배를 타고 운하의 통운관을 통과할 당시 관리들과 함께 관선에서 양주로 들어오는 자들을 감시했던 자다.

하지만 살극달은 알고 있었다.

통운관을 통과할 당시 관선을 바라보다 기도가 뛰어난 한 사람을 발견했다. 그땐 대수롭지 않게 생각했는데 석가장의 사람이었을 줄이야.

'무얼 찾고 있었던 거지?'

조철건은 사람들을 하나둘씩 훑어본 후 역시나 정중한 어조로 물었다.

"가주를 뵙자고 한 분이 어느 분이신지요?"

자하부의 오공녀인 조빙빙이 왔으니 그녀가 석가주를 만나는 것이 당연하다. 적어도 조철건의 입장에선 그렇게 생각하는 것이 자연스럽다.

그럼에도 가주를 만나고 싶어하는 사람이 누구냐고 묻는 것은, 일행을 이끄는 수장이 조빙빙이 아니라는 것을 알고 있다는 뜻이다.

아마도 석씨 남매를 통해 이야기가 흘러들어 갔으리라. 지금까지 시간을 끈 것도 어쩌면 저의를 파악하기 위해서가 아닐까?

"내가 뵙자고 했소."

살극달이 말했다.

"귀하의 존성대명을 여쭈어도 되겠소?"

"살극달이오."

"그렇군요."

역시나 놀라지 않는 얼굴이다.

"가주께 전하셨소?"

"말씀은 전했습니다만, 오늘은 어렵겠습니다."

"무슨 뜻이오?"

"가주께선 지금 천하 각처에서 온 문파의 수장들을 개별로 영접하느라 눈코 뜰 새 없이 바쁘십니다. 도저히 시간을 낼 수가 없는고로, 추후에 따로 연락을 드리겠다고 하셨습니다."

"개별로 영접한다는 게 무슨 뜻이오?"

"음……."

조철건은 곤란한 듯 잠시 침음을 내더니 천천히 말을 했다.

"아시다피 전통적으로 용봉지연은 흑백을 구분하지 않습니다. 덕분에 적지 않은 수의 흑도인들이 석가장에 들어와 있죠. 백도의 문파라고 할지라도 지난 대회의 결과로 말미암아 동석을 하기 껄끄러운 사이가 많습니다. 그렇다 보니 석가장은 무림대회를 개최하는 입장에서 각별히 신경을 쓸 수밖에 없습니다."

사람들은 와락 얼굴을 붉혔다.

결국 지금은 바쁘니까 나중에 따로 부르면 오라는 게 아닌가.

뇌정신군이 죽은데다 오랜 내분으로 그 위세가 크게 약화하였다고는 하나 자하부는 한때 강동석가와 어깨를 나란히 하던 십패의 한곳이다.

조빙빙은 바로 그곳의 오공녀였다.

세상인심이 아무리 각박하다고는 하나 강동석가가 자하부에서 온 사람에게 이렇듯 노골적인 괄시를 할 수는 없다.

더구나 저들로서는 살극달이라는 천재와 검노라는 노고수의 출현에 지대한 관심이 있을 게 아닌가. 아무리 따져 봐도 지금 강동석가의 태도는 앞뒤가 맞지 않았다.

"사람을 반나절이나 쫄쫄 굶기면서 기다리게 해놓고 이제 와서 이러면 곤란하지. 만나지 않을작시면 처음부터 분명하게 못을 박든가. 이건 저자의 무뢰배들도 하지 않는 짓이야."

검노의 입에서 서늘한 음성이 흘러나왔다.

천성적으로 참을성이 없는데다 살극달을 만나기 전엔 무언가를 참아본 적도 없는 검노는 인내심의 한계를 느꼈다.

"거듭 양해를 부탁합니다."

조철건이 거듭 머리를 조아리며 사과를 했다.

호법당주씩이나 되는 거물이 이렇게 머리를 조아리는 경우는 아주 드문 일인지라 조빙빙은 적극적으로 항의를 하기도 뭣했다.

게다가 아랫사람을 시켜 돌려보내도 될 것을 굳이 호법당주가 직접 나섰다. 석가주가 정말로 몸을 뺄 수 없다는 전제하에서 이만하면 강동석가로서도 자하부를 대접해 준 것이라고 볼 수도 있었다.

하지만 검노는 달랐다.

"어디 이래도 코빼기를 안 비치나 보자."

푸닥거리라도 한번 해야겠다고 생각했는지 검노가 입술에 침을 바르며 슬그머니 앞으로 나섰다.

그 순간 살극달이 한 손으로 검노의 가슴팍을 막았다. 검노가 뜨뜻미지근한 표정으로 살극달을 올려다보는 사이, 살극달이 조철건에게 말했다.

"알겠소. 대신 방을 하나 내주시오."

조철건은 빈방 하나를 마련해 주었고, 아랫사람을 시켜 술과 음식도 넉넉히 넣어주었다.

조철건이 가고 난 후 사람들은 순순히 물러난 살극달의 태도를 두고 이러쿵저러쿵 볼멘소리들을 해댔다.

하지만 그것도 잠시, 이내 술과 음식을 먹는 데 집중했다. 그러다 밤이 깊어지자 오랜 여행으로 말미암은 피로와 포만감에 취해 하나둘씩 곯아떨어졌다.

모두가 잠이 들었을 무렵, 살극달은 홀로 은밀히 객방을 빠져나왔다. 이어 고도의 은잠술을 이용 사람들 앞에 모습을 드러내지 않은 상태에서 곧장 석가장을 가로질렀다.

살극달이 이런 행동을 하게 된 것은 낮에 조철건이라는 자의 말에서 느꼈던 어떤 암시 때문이었다. 이유를 알 수는 없지만 살극달은 석가주가 모두를 물리친 상태에서 오직 자신과의 독대를 원한다는 느낌을 받았다.

가주를 만나고자 하는 사람이 누구냐고 물은 것이 바로 그 증거다.

가주의 거처를 찾는 것은 어렵지 않았다.

살극달은 낮에 보아두었던 지형과 건물의 위치 등을 면밀히 계산하는 한편 장원의 중심으로 향했다.

건축에는 오만가지의 양식이 있다.

특히나 수성을 염두에 둔 무림문파의 장원은 진법을 가미하기 때문에 더욱더 복잡하고 다양하다.

하지만 수백 개의 나뭇가지가 하나의 줄기에서 뻗어 나오는 것처럼 제아무리 복잡한 진을 가미한 장원이라도 그 원형을 꿰뚫을 수만 있다면 대략의 위치를 짐작하는 것이 어렵지 않았다.

최소한 칠백 년을 살아온 사람에게는 말이다.

살극달은 무성한 가지를 거느린 아름드리 밤나무 아래에서 걸음을 멈추었다. 그 밤나무의 뒤편으로 고아한 처마를 거느린 삼 층 전각이 우뚝 자리하고 있었다. 주변에는 횃불을 든 무인들이 삼엄한 경계를 펼치고 있었다.

건물의 규모로 미루어 여기서는 보이지 않는 삼면의 사람들까지 더하면 족히 이십여 명은 되리라.

그 건물의 꼭대기 층 어느 창문에 불이 켜져 있었다. 살극달은 저곳이 석가주의 집무실임을 본능적으로 알아보았다.

석가장에서 가장 깊고, 가장 큰 건물에, 가장 경계가 삼엄한 곳이 가주의 집무실이 아니라면 어디가 집무실이겠는가.

잠시 좌우를 둘러본 살극달은 바닥을 박찼다.

한줄기 미풍처럼 솟아오른 살극달은 밤나무 가지를 발판삼아 두어 번의 도약을 더 한 후 마침내 불 켜진 창가의 처마에 매달릴 수 있었다.

이 모든 과정이 깃털이 날리는 것처럼 은밀했다.

경계를 펼치는 무사 중 단 한 명도 눈치채지 못했음은 당연했다.

살극달은 주저없이 창문을 열었다.

안으로 들어가자 예상대로 한 사람이 서 있었다. 왜소한 체격에 단정한 청삼을 입은 은발의 노인이었다. 노인은 방 한가운데서 무언가를 향해 뒤돌아 서 있었다. 덕분에 살극달이 볼 수 있는 것도 노인의 뒷모습뿐이었다.

"늦었군."

노인이 천천히 돌아서며 말했다.

나이에 어울리지 않게 강건한 턱 선과 고집스럽게 뻗은 콧마루가 무인의 꼿꼿한 기상을 보는 듯했다.

특히 치렁한 눈썹 아래 자리 잡은 눈동자가 인상적이었다.

그와 눈을 마주치는 순간 살극달은 한낮의 태양을 바라보는 듯한 느낌이 들었다.

천하삼대검객 중 한 명으로 불리는 하일검제 석단룡의 첫인상은 그토록 강렬했다.

"절차가 복잡하군요."

"대신 이렇게 조용히 만났잖은가. 내방객들을 포함, 석가장의 누구도 자네와 나의 만남을 모른다네."

무언가 의미가 담긴 말이었다.

"아, 말을 편히 해도 되겠는가?"

"그렇게 하십시오."

살극달은 달리 시비를 걸지 않았다.

굳이 따지고 들자면 살극달에게 석단룡은 걸음마도 떼지 못한 아이다. 석단룡의 입장에서 보자면 살극달은 거의 조상이나 마찬가지였다.

그런 걸 일일이 따지자면 대화를 할 수도 없거니와 또 따질 생각도 없었다. 한두 번 겪는 일도 아니었다.

석단룡은 다시 등을 돌린 채 허공의 무언가를 응시했다. 살극달이 처음 이 방에 들어왔을 때부터 그가 보고 있던 바로 그 물건이다.

천장에 매달려 사람의 눈높이까지 내려온 그것은 댓살을 엮어 만든 작은 조롱(鳥籠:새장)이었다. 하지만 일반적인 조롱과 달리 댓살이 촘촘했다. 안에 든 동물도 새가 아니었다. 조롱 안에 갇혀 있는 것은 엄지 크기의 검은 실솔(蟋蟀), 즉 귀뚜라미였다.

"투실(鬪蟋)을 좋아하시는가?"

석단룡이 물었다.

투실은 말 그대로 귀뚜라미 싸움을 말한다.

당나라 때부터 시작된 투실은 한족들이 광적으로 좋아하는 놀이다. 역사를 되짚어보면 문인, 재상에 이어 황제까지 귀뚜라미 싸움에 미쳐 국사를 돌보지 않는 경우도 있었다.

사람들이 이 작은 미물의 싸움에 열광하는 이유는 귀뚜라미의 무서운 공격성 때문이다. 특히 수컷은 타고난 싸움꾼이다. 여기에 도박까지 결부되면 투실은 그야말로 최고의 유흥거리였다.

"구경을 해본 적은 있지요."

살극달이 말했다.

"싸움용으로 기르는 실솔은 키우는 방식이 다르지. 우선 조롱 속에 넣어두고 다른 수컷들을 볼 수는 있지만 접촉은 할 수 없게 만들지. 이런 상태에서 성충이 된 놈은 아주 흉포하여 상처를 입은 상태에서도 반 시진이 넘도록 싸우지. 하지만 모든 귀뚜라미가 전사로 클 수 있는 건 아니라네. 수많은 실솔 중에서도 겨우 몇 마리만이 살아남아 승자가 되는데, 좋은 혈통을 가진 실솔은 무려 천 냥에 거래되기도 한다네."

조롱 속의 검은 귀뚜라미가 천 냥짜리인 것은 말하지 않아도 알 수 있었다. 과연 고귀한 몸답게 당당한 체구에서 뿜어져 나오는 기세가 여간하지 않았다. 좋은 혈통을 넘어 다른 종류의 곤충이 아닐까 하는 착각이 들 정도였다.

한데, 사람을 불러놓고 왜 뜬금없이 귀뚜라미 이야기를 하는 걸까?

사람이 오래 살면 한 가지 행동에도 두 가지, 세 가지의 안배를 심어두게 마련이다. 더욱이 상대가 강동석가와 같은 일문을 이끄는 거물이라면 더 말할 필요도 없다.

석단룡은 지금 무림의 본질에 대해 말하고 있었다. 동시에 오늘의 석가장을 이룩한 그 자신에 대한 이야기이기도 했다.

"한번 보겠나?"

말과 함께 석단룡은 천장에서 조롱을 떼어내 탁자로 가져갔다. 탁자 위에는 미리 준비해 둔 듯한 소반이 있었고, 멀지 않은 곳에 헝겊을 씌워둔 또 다른 조롱이 있었다.

석단룡은 소반을 가운데 두고 조롱을 양쪽에 놓았다. 이어 한쪽 조롱에 씌워진 헝겊을 걷었다.

놀랍게도 헝겊 아래의 조롱에 갇혀 있는 것은 귀뚜라미가 아니었다. 그것은 귀뚜라미보다 몸통은 가늘지만 키가 두 배나 크고 낫처럼 날카로운 앞발까지 가진 당랑(螳螂), 즉 사마귀였다.

전신에 흐르는 갈색 빛깔이 예사롭지 않더라니 사마귀는 형겊을 걷자마자 검은 귀뚜라미를 향해 호전적인 태도를 보였다. 금방이라도 공격할 것처럼 앞다리를 치켜들었던 것이다.

그건 검은 귀뚜라미 역시 마찬가지였다.

놈은 사마귀를 발견하자마자 상체를 착 가라앉히고는 부동의 자세로 사마귀를 노려보았다. 조롱의 문이 열리는 순간 당장에라도 뛰쳐나가 공격할 태세였다.

"이건 실솔이 아니잖습니까?"

"이종 간의 싸움이면 더 재밌을 것 같지 않은가?"

과연 그럴까?

귀뚜라미는 본시 초식성이다.

곤충을 잡아먹는 예도 있기는 하지만 그건 벼룩이나 진딧물처럼 작은 곤충에 국한될 뿐 대부분은 풀을 먹는다.

그에 반해 사마귀는 육식성이다.

메뚜기나 여치는 물론 귀뚜라미까지 잡아먹으며 드물게는 개구리나 도마뱀 같은 척추동물을 사냥하는 때도 있다. 낫처럼 생긴 날카로운 앞발이 그것을 가능케 한다.

한마디로 곤충계의 맹수라고 할 수 있는데, 제아무리 포악하다고는 하나 피식자인 귀뚜라미와 포식자인 사마귀가 싸움이 될까?

"이 실솔은 아직 한 번도 당랑을 본 적이 없네. 실솔의 입장에선 당랑이 미지의 존재와도 같을 테지. 반면 그동안 당랑에게는 계속 어린 실솔을 먹이로 주었지. 그래서 지금 이렇게 군침을 흘리는 거라네."

살극달은 어쩐지 사마귀가 자신이나 수라마군 같다는 생각이 들었다. 평범한 사람들의 입장에선 자신들이야말로 미지의 존재처럼 보이지 않겠는가.

"하지만 섣불리 속단하기는 어렵지. 이 실솔은 모두 수십 번의 싸움을 치렀고, 그때마다 상대를 죽이고 살아남았네. 반면에 이 당랑은 사실상 오늘이 첫 싸움일세. 확실한 전력이 있는 실솔과 타고난 맹수인 당랑, 자네라면 어느 쪽을 선택하겠는가?"

일개 귀뚜라미가 수십 번의 싸움을 치렀다는 말을 살극달은 선뜻 이해하기 어려웠다. 귀뚜라미는 그 특성상 단 한 번의 부상만으로도 폐기를 당한다. 다리가 잘린 귀뚜라미를 무엇에 쓰겠는가.

석단룡의 말대로라면 수십 번의 싸움을 치르면서도 전혀 상처를 입지 않았다는 말인데, 그게 과연 가능할까?

설혹 그렇다고 해도 달라질 건 없었다.

"고양이가 쥐에게 잡혀 먹히는 경우는 없죠."

"당랑이라는 말이군. 그렇다면 난 어쩔 수 없이 실솔에게 걸어야겠군."

"무슨 뜻입니까?"

"자네는 내게 묻고 싶은 게 많을 테지? 나 역시 그렇다네. 왠지 우리는 아주 내밀한 것들을 묻고 답할 것 같다는 생각이 드는군. 해서 이렇게 하면 어떤가? 투실 한 번에 질문 하나씩, 싸움을 하되 이기는 쪽이 질문을 하면 진 쪽이 답을 주기로. 날이 밝으려면 아직 멀었고 실솔과 당랑도 얼마든지 있다네."

말과 함께 석단룡이 방 한쪽을 가리켰다.

그곳엔 정말로 사마귀와 귀뚜라미가 가득 든 커다란 조롱 두 개가 놓여 있었다. 저곳에서 각자 귀뚜라미와 사마귀를 골라 지속적으로 싸움을 하면 된다.

객관적으로 보았을 때 귀뚜라미가 사마귀를 이길 가능성은 매우 적었다.

일부 사나운 귀뚜라미가 있어 한두 번은 가능하다고 치자. 하지만 밤새 이어지는 싸움에서 귀뚜라미가 모두 이길 가능성은 전무했다.

석단룡이라고 그걸 모르지 않을 텐데 왜 이런 무모한 제안을 하는 걸까? 투실은 구실일 뿐 사이좋게 묻고 답하자는 뜻일까?

"당랑이 계속 이기면 어떻게 됩니까?"

"밤새 자네만 질문을 하게 되겠지."

"이기는 쪽이 모두 갖는군요."

"승자독식은 강호의 법칙이지. 어떤가? 재밌을 것 같지 않은가?"

"그 정도로는 부족합니다."

"……?"

"이렇게 하죠. 싸움은 단 한 번, 이기는 쪽이 모든 질문을 하기로."

살극달이 과감한 한 수를 두었다.

석단룡은 조금도 놀라는 기색이 없었지만, 살극달은 그가 속으로는 적잖게 당황했다는 걸 알고 있었다.

"그야말로 승자가 모두 가지자는 말이군."

"승자독식이라고 하지 않았습니까."

석단룡은 슬며시 웃더니 조롱의 문을 모두 열었다. 그 순간 사마귀와 귀뚜라미가 동시에 소반 위로 기어나왔다. 무료함을 달래듯 서서히, 조용히 기어나왔지만 암중에 이는 전운은 사뭇 살벌했다.

第三章
귀뚜라미와 사마귀의 싸움

　두 마리의 곤충은 소반 한가운데서 한 뼘의 거리를 두고 마
주 섰다. 서로 마주 본 상태에서 귀뚜라미는 상체를 한껏 낮
추는 한편 사마귀의 움직임을 감지하기 위해 쉴 새 없이 더듬
이를 움직였다.

　반면 사마귀는 날카로운 앞발을 내세운 채 상체를 잔뜩 치
켜들고는 공격 전의 고요를 즐기는 듯했다.

　한낱 미물 간의 기 싸움이었지만 그 긴박감은 흡사 맹수의
대치를 보는 듯했다.

　먼저 움직인 것은 사마귀였다.

타고난 맹수답게 사마귀는 무섭게 돌진했다. 이어 상대적으로 큰 키를 이용, 위에서 날카로운 앞발로 찍어 눌렀다. 짐작하건대 단번에 귀뚜라미의 머리통을 잘라 버릴 심산인 것 같았다.

하지만 실솔이라는 앙증맞은 이름과 달리 단단한 껍질로 둘러싸인 귀뚜라미는 호락호락하지 않았다. 놈은 오히려 닭다리처럼 비대칭적으로 발달한 뒷다리로 버티는 동시에 강력한 턱과 이빨로 무자비한 반격에 나섰다.

귀뚜라미가 노리는 것은 사마귀의 체절, 정확히 말하면 머리와 몸통이 연결되는 부드러운 부위였다.

당황한 사마귀는 강한 날개를 털며 바람을 일으켰다. 동시에 강한 앞발로 자신의 목에 달라붙은 귀뚜라미를 떼어내려 안간힘을 썼다.

그러나 귀뚜라미는 쉽게 떨어지지 않았다.

놈은 앞발을 이용해 사마귀를 강하게 끌어안으며 끈질기게 물고 늘어졌다.

싸움이란 흐름이다.

상대의 힘이 움직이는 방향을 뒤쫓고, 거스르고 부딪치면서 언제 나아가고 언제 물러나야 할지를 파악하는 이 모든 것이 흐름이다.

그런 면에서 귀뚜라미의 싸움은 무인의 훌륭한 검투를 보는 듯했다. 놈은 나아갈 때와 물러날 때를 본능적으로 알았다. 또한 한 번 포착한 기회를 놓치지 않을 줄도 알았다.

수십 번의 싸움을 치렀다는 석단룡의 말이 사실인 것이다.

싸움은 귀뚜라미의 일방적인 우세로 기우는 듯했다. 그러다 어느 순간, 놀라운 일이 벌어졌다. 사마귀가 날카로운 이빨로 귀뚜라미의 더듬이 하나를 잘라 버린 것이다.

곤충에게 더듬이는 단순히 촉각을 감지하는 이상의 기능이 있다. 평형감각을 잃어버린 귀뚜라미는 갑자기 힘을 쓰지 못하고 사마귀의 몸에서 떨어져 나갔다.

사마귀는 이때를 놓치지 않고 무자비하게 달려들었다. 귀뚜라미를 소반의 가장자리까지 밀어붙인 사마귀는 앞발과 두어 개의 보조 다리를 이용해 귀뚜라미를 찍어 눌러 옴짝달싹 못하게 옭아맸다. 이어 예의 그 강한 턱과 이빨로 살점을 물어뜯기 시작했다.

당황한 귀뚜라미가 필사적으로 저항했지만 그물처럼 감싸고 있는 사마귀의 발에서 헤어 나오질 못했다.

그 순간 또 한 번의 반전이 일어났다.

귀뚜라미가 뒷다리로 사마귀의 배를 힘껏 박차 버린 것이다. 그 힘을 견디지 못한 사마귀가 소반의 끝에까지 튕겨 날아가 버렸다.

"……!"

살극달은 눈동자를 빛냈다.

이건 뭔가 부자연스러웠다.

도저히 곤충이 보일 수 있는 움직임과 힘이 아니었다. 살극달은 조용히 곁을 돌아보았다.

"나름 한 방이 있는 녀석이었군그래."

석단룡이 대수롭지 않게 말했다.

살극달은 석단룡이 재주를 부렸다는 걸 어렵지 않게 알 수 있었다. 목소리와 표정으로 미루어 석단룡 또한 그것을 굳이 숨기려 하지 않았다.

상대적으로 약한 귀뚜라미를 선택하면서도 당당히 승자가 질문을 하자고 했던 이유가 여기에 있는 것이다.

살극달은 다시 소반, 즉 비무대로 시선을 옮겼다.

구사일생으로 살아난 귀뚜라미는 다시 괴물처럼 사마귀를 향해 저벅저벅 걸어갔다. 그러다 지척에 이르자 강한 뒷다리로 우뚝 서서는 사마귀와 눈높이를 같이하는 게 아닌가.

앞발을 어긋나게 교차하는 한편 오른발을 뒤로 한껏 당기는 저것은 흡사 무림인의 초식과도 닮았다. 이것 또한 곤충에게서는 볼 수 없는 움직임이었다.

틀림없었다.

석단룡은 내공을 이용해 귀뚜라미를 조종하고 있었다. 허공섭물(虛空攝物)이니 뭐니 해서 강호에는 멀리 떨어진 물건을 내공으로만 움직여 취하는 공부가 있다.

정확히 말해 무공이라기보다는 내공이 화경(化境)에 접어든 사람만이 펼칠 수 있는 일종의 신기다.

하지만 그 경우에라도 멀리 있는 물건을 끌어당기거나 공간을 격해 튕겨내는 정도일 뿐 지금처럼 살아 있는 귀뚜라미를 마음대로 조종할 수는 없다. 그것도 저토록 세밀하게는.

한 가지 방법이 있긴 하다.

석단룡이 어검술(馭劍術)을 펼칠 수 있을 정도의 초고수라면 말이다. 달리 이기어검(以氣馭劍)이라고도 부르는 이 수법은 오직 자신의 의지만으로 검을 마음대로 조종할 수 있다.

하물며 작은 귀뚜라미라면 더 말해 무엇할까.

살극달은 내심 놀랐다.

석단룡이 천하삼대 검객의 일인으로 통할 만큼 대단한 고수라는 건 알고 있었지만, 전설상의 어검술을 펼칠 정도의 무인일 줄은 상상도 못했다.

'강호에 알려진 것보다 훨씬 강한 자다!'

그러나 비밀이 많기로는 오히려 살극달이 더했다. 살극달은 사마귀에게 정신을 집중했다.

당황해 어쩔 줄 모르던 사마귀가 상체를 꼿꼿이 세운 다음 앞발을 내미는, 이른바 당랑거철(螳螂拒轍)의 자세를 취했다.

"호오, 훌륭한 자세로고."

석단룡의 나직한 감탄성과 함께 귀뚜라미가 벼락처럼 튀어 올랐다. 동시에 뒤로 한껏 젖혀두었던 앞발을 쭉 뻗었다.

그 순간 귀뚜라미의 앞발은 더는 곤충의 그것이 아니었다. 석단룡의 내기가 주입된 앞발은 날카로운 바늘이고 검이었다.

그리고 정확했다.

사마귀는 날개를 퍼덕여 재빨리 물러나 거리를 만든 다음 왼발을 이용, 귀뚜라미의 앞발을 측면에서 가격해 방향을 바꾸었다. 그와 동시에 오른발로 귀뚜라미의 머리 아래 부드러운 체절 부위를 베어갔다.

이 순간 사마귀의 앞발 역시 더는 곤충의 그것이 아니었다. 그건 살극달의 기운이 투영된 칼이었다.

귀뚜라미는 왼발 하나를 힘차게 뻗어 사마귀의 칼 같은 앞발 공격을 막았다. 발 하나가 무참하게 떨어져 나갔지만 대신 귀뚜라미는 머리통이 통째로 잘려 나가는 것을 면했다. 이만하면 훌륭한 응수라 할 수 있었다.

그와 동시에 석단룡의 입에서 나지막한 감탄성이 터졌다.

"좋은 수법이로고!"

그게 어디 사마귀를 향한 칭찬이겠는가.

싸움은 이제 살극달과 석단룡의 대결로 치달았다. 싸움은 치열했다. 또한 직접 손속을 부딪치는 것 못지않은 고도의 집중력을 필요로 했다.

　너무 강하거나 빠르게 제어하면 두 마리의 곤충은 그 힘을 견디지 못하고 머리며 몸통 따위가 찢겨 나갈 것이다. 그렇다고 힘이 너무 약하면 상대를 쓰러뜨릴 수가 없다.

　요는 곤충의 몸이 견딜 수 있는 선에서 최대한 빠르고 강하게 상대에게 타격을 입혀야 하는 섬세함이 필요한 것이다.

　어디까지나 이것은 생사투였고, 생사투에서는 어느 한쪽이 죽으면 끝난다. 다시 말해 귀뚜라미와 사마귀 중 하나라도 죽으면 끝나는 것이다. 말은 하지 않았지만 살극달과 석단룡은 그 사실에 암묵적으로 동의하고 있었다.

　깜깜한 밤, 석가주의 집무실에서 펼쳐지는 사마귀와 귀뚜라미의 싸움은 절정고수들의 실전만큼이나 치열했다.

　그러던 어느 순간, 귀뚜라미가 그 어떤 방비도 없이 하나밖에 남지 않은 더듬이를 앞세운 채 황소처럼 돌진해 왔다.

　살극달은 석단룡이 귀뚜라미의 더듬이에 지금까지와는 다른 강도의 강기를 주입했음을 본능적으로 알아차렸다.

　귀뚜라미의 생명이 얼마 남지 않았음을 감지한 석단룡이 최후의 일격을 가한 것이다. 생명이 얼마 남지 않은 것은 사마귀 역시 마찬가지였다.

　사마귀가 번쩍 튀어 오르며 귀뚜라미의 머리통을 향해 앞발을 가격해 갔다. 귀뚜라미의 목이 뎅겅 잘려 나갔다.

사마귀 역시 가슴에서 누런 체액을 뿜었다.

일촉즉발의 순간 귀뚜라미의 더듬이 역시 사마귀의 가슴을 정확히 관통했기 때문이다.

석단룡과 살극달은 약속이나 한 듯 두 마리의 곤충에게서 의념을 거뒀다. 물증으로 보여줄 순 없지만 이런 상황에서 꼼수를 부릴 정도로 두 사람의 이름은 가볍지 않았다.

약간의 시차를 두고 사마귀가 천천히 쓰러졌다. 뒤를 이어 귀뚜라미가 쓰러졌다. 전투의 잔해가 남은 소반 위로 무거운 침묵이 흘렀다.

무승부나 다름없는 싸움이었지만 굳이 승패를 나누어야 하는 상황이라면 귀뚜라미의 승리라고 할 수 있었다.

"아무래도 실솔의 경험이 주요했던 것 같군."

석단룡이 말했다.

입가엔 미소가 먹물처럼 번졌다.

"용봉지연에선 어느 한쪽이 패배를 시인하기 전엔 승부가 끝나지 않는다고 하더군요. 하면 두 사람이 거의 동시에 쓰러졌고, 양쪽 모두 패배를 인정하지 않았을 경우엔 어떻게 됩니까?"

"그야 먼저 죽는 쪽이 패배한 것이지. 한데 갑자기 그건 왜 묻는 건가?"

석단룡은 스스로 말을 해놓고도 무언가 떠오르는 생각이

있는 듯 천천히 소반 위로 시선을 던졌다.

놀랍게도 앞서 쓰러졌던 사마귀가 버둥거리며 몸을 일으키고 있었다. 몇 번이나 비틀거리다 쓰러지기를 반복하면서 사마귀는 아직 살아 있음을 스스로 증명하고 있었다.

"당랑이 이겼군."

석단룡은 놀라는 기색도 없이 담백하게 자신의 패배를 인정했다. 강동의 패주다운 묵직함이었다.

사실 사마귀와 귀뚜라미의 싸움을 살극달과 석단룡의 승부로 연결하기에는 무리가 있었다. 그러기엔 두 마리의 곤충이 지닌 형태와 크기 등에서 변수가 너무 많았다.

다만 한 가지는 확실했다.

두 사람 모두 주변의 기운을 장악해 살아 있는 생물체를 자유자재로 다룰 만큼 극강의 고수라는 것이다.

살극달과 석단룡은 동시에 서로를 바라보았다.

때로는 침묵이 웅변보다 더 많은 말을 하는 법. 두 사람은 은연중에 서로의 무공에 깊이 감탄하고 있었다.

"한잔하겠나?"

석단룡이 탁자 위에 놓인 호리병을 들어 보였다.

살극달은 석단룡이 채워준 술잔을 단숨에 비운 후 탁자에 소리가 나도록 내려놓았다.

이제부터 진짜 시작이었다.

"날 보자고 한 용건은?"

석단룡이 말했다.

살극달은 대답 대신 허리춤에 찬 검을 쓱 뽑았다. 돌발 행동에도 석단룡은 놀라지 않았다. 그가 놀란 것은 탁자 위에 놓는 검신을 보고서였다.

"알아보시겠습니까?"

"자하부의 무가지보로군."

"정확하게 말하면 사왕검이죠."

"이걸 어찌하여 내게 보여주는 것인가?"

"그것보다 이게 어찌하여 제 수중에 있는지가 더 중요한 문제가 아닐까요?"

"무슨 뜻인가?"

"제 짐작이 틀리지 않다면 강호엔 사왕검 못지않은 신병이기가 최소 아홉 개는 더 있을 겁니다."

"어지간한 문파라면 신병이기 하나쯤은 있는 법이지."

"산동의 제검성, 산서의 녹류산장, 하남의 신비루, 섬서의 제왕곡, 사천의 검각, 운남의 천룡문, 호광의 은하검문, 강서의 철기보, 그리고 남직예의 강동석가라면 이해가 되시겠습니까?"

가볍게 웃는 것 외에는 좀처럼 감정을 보이지 않던 석단룡이 처음으로 얼굴을 굳혔다.

"주위를 물리시는 게 좋지 않겠습니까?"

살극달이 말했다.

"물러가거라."

석단룡의 말이 끝나기가 무섭게 천장이 수면처럼 일렁이는가 싶더니 시커먼 그림자 하나가 창밖으로 사라졌다.

사실 살극달이 방 안에 들어올 때부터 천장엔 정체불명의 그림자가 고도의 은잠술을 펼친 채 숨어 있었다.

아마도 석단룡을 암중에서 호위하는 고수인 듯한데, 살극달은 알면서도 여태 아무 말을 하지 않았다. 석단룡 역시 살극달이 알고 있을 거라 여겼는지 전혀 의아한 표정을 짓지 않았다.

이윽고 방 안엔 완벽하게 두 사람만 남게 되었다.

"원하는 게 무엇인가?"

"마도십병이 십패의 수중에 있게 된 경위를 알고 싶습니다."

살극달의 말은 매우 엄청난 폭발력을 지닌 것이었다. 마도의 하늘에 전해져 내려오는 열 가지의 신병이기가 당금 강호를 좌지우지하는 십패의 수중에 있다는 걸 사람들이 아는 날에는 강호가 발칵 뒤집어지지 않겠는가.

하지만 이미 각오를 한 듯 석단룡은 차분하게 말을 이어나갔다. 그리고 그것은 대답이 아니라 질문이었다.

"어떻게 알았는가?"

"질문은 승자만 할 수 있지 않는가요?"

석단룡은 눈을 살며시 감으며 생각에 잠겼다. 내색은 않지만 속으로는 매우 난감해하고 있을 것이 분명했다. 잠시 시간이 흐른 후 석단룡이 결심을 한 듯 말했다.

"짐작하듯 백백궁을 기습한 날 손에 넣었네."

"강호에 떠도는 소문엔 수라마군의 수하들이 들고 흩어졌다고 하더군요."

"마도십병이 우리의 수중에 있다는 소문이라도 나게 되면 강호가 어지럽지 않겠는가?"

결국 자신들이 헛소문을 퍼뜨렸다는 얘기다.

하지만 그게 전부가 아님을 살극달은 알고 있었다.

"중원무림이 백백궁을 기습하던 당시 쟁쟁한 무림문파와 고수들이 있었다는 걸 압니다. 그때만 해도 당신들 십패의 패주들은 지방 중소 문파 출신의 혈기 방장한 젊은 고수들에 지나지 않았습니다."

살극달은 잠시 사이를 두어 석단룡을 무섭게 쏘아본 후 말을 이었다.

"그날 밤 무슨 일이 있었던 겁니까?"

말인즉슨, 쟁쟁한 문파와 고수들을 제치고 어찌하여 당신들이 마도십병을 차지할 수 있었느냐는 것이다.

석단룡은 동공이 가늘게 떨렸다.

동시에 안광은 더욱 싸늘해져 금방이라도 장내의 공기를 얼려 버릴 듯했다. 살극달은 담담히 그 눈빛을 받아냈다.

도검이 오가지 않을 뿐, 숨 막히는 눈싸움이 한동안 지속되었다.

잠시 후, 석단룡은 창 너머로 시선을 던졌다. 그는 상념에 사로잡힌 듯 한동안 먼 곳을 응시하다가 천천히 입을 열었다.

"지독히 어두운 밤이었지."

당시 오천의 중원무림인을 이끄는 자는 구대문파의 열렬한 지지를 받던 소림의 원로 벽력신승(霹靂神僧)이었다. 그는 백백궁을 치기 위해 모인 오천의 무림인들로 하여금 산 하나를 통째로 에워싸게 했다.

그날 밤, 어떻게든 공을 세워 이름을 떨치고 싶었던 양주의 작은 무가출신 젊은 무인 석단룡은 비슷한 규모의 중소 방파 출신 무인 삼백과 함께 잠룡조(潛龍組)라는 이름을 하사받았고, 백백궁의 서북쪽 외곽에 위치한 비원을 쳤다.

애초의 목적은 상대적으로 방어가 느슨한 후방을 기습해 적을 교란시키는 사이 아군의 본진이 뛰어들어 적들을 도륙하는 것이었다.

하지만 막상 기습을 하고 보니 예상했던 것과는 달랐다.

그곳은 적의 본진이었고, 그 어느 쪽보다 많은 병력과 궁수들이 포진하고 있었다. 게다가 그들은 이미 중원무림인들의 기습을 알고 있었다.

그때 벽련신승을 보좌했던 십 인의 책사는 제갈세가와 사마세가를 비롯해 내로라하는 무림세가의 가주들이었다.

엄청난 정보력과 지력을 지닌 그들이 적의 본진을 몰랐다는 건 말이 안 된다. 책사들은 적의 정확한 무력과 병력을 파악하기 위해 중소 방파의 고수 삼백을 제물로 던진 것이다.

말하자면 칼받이였던 셈이다.

뒤늦게 속았다는 걸 알아차린 잠룡조의 고수들은 크게 분개했다. 하지만 살아남는 것이 먼저였다.

적아가 구분되지 않는 어둠 속에서 석단룡과 잠룡조의 고수들은 죽을힘을 다해 싸웠다. 살아남기 위한 싸움은 상대를 죽이기 위한 싸움보다 더욱 처절할 수밖에 없었다.

아군의 본진이 뒤늦게 합류했지만 이미 적진 깊숙한 곳에 고립된 잠룡조는 대부분 몰살을 당한 상태였다.

"새벽이 밝아올 무렵이 되자 살아남은 잠룡조의 공격대는 한곳에 모이게 되었지. 의도적으로 모인 게 아니라 살아남기 위해 필사적으로 싸우며 활로를 찾다 보니 저절로 한곳에 모이게 된 거야. 숫자는 겨우 열 명. 하나같이 몸에 크고 작은 검상을 아로새기고 있었지. 다들 금방이라도 쓰러질 것처럼 중상을 입은 상태였지만, 적진 한복판에서 그렇게나마 살아 있는 것도 정말 천운이었지."

"공짜로 얻는 것은 없지요."

살극달이 말했다.

삶과 죽음을 넘나드는 상황에서 전투의 흐름을 읽는 본능적인 눈이 없었다면 그런 운도 없었을 거라는 말이다.

"자네 말이 맞네. 그날 살아남은 우리 중 독하지 않은 이는 한 명도 없었지. 그중에도 유난히 눈빛이 차가운 자가 한 명 있었지. 검상 외에도 화살 세 대를 몸에 박은 채로였는데, 온몸이 피로 낭자한 것이 금방이라도 쓰러질 것처럼 위태로워 보였지. 그는 그 와중에도 검을 놓치지 않기 위해 광목으로 검파를 친친 감아놓았더군. 나중에 알고 보니 팔뚝의 근육이 절반이나 잘려 나간 상태였더군. 워낙 많은 무인이 참전을 한 터라 우리는 대부분 서로를 잘 몰랐지. 특히 그는 처음 보는 자였네."

"……?"

"내가 이름을 물었더니 독고정이라고 하더군."

"뇌정신군……."

"그렇다네. 후일 그는 자하부의 주인이 되었지."

어디 독고정뿐일까?

그날 그 자리에 모인 열 명의 고수가 훗날 십패가 되었다는 걸 살극달은 알 수 있었다.

석단룡의 얘기가 계속되었다.

그렇게 모인 십 인의 젊은 고수들은 백백교의 교도들을 피해 계속 심처로 도주했다. 바깥에는 아군의 본진이 이미 도착해 있었지만 그들은 여전히 적진 속에 있었다.

그런 상태에서 살아남을 길은 바깥이 아닌 적의 힘이 미치지 않는 심처라고 판단했던 것이다.

그러다 어느 이름 모를 방 안에서 정체 모를 구멍을 발견하게 되었다. 그건 폭발로 말미암아 무너진 밀실의 입구였다.

전투의 피로로 지칠 대로 지친 석단룡과 구 인의 젊은 고수들은 싸움이 끝날 때까지 숨어 있기 위해 무작정 밀실로 들어갔다. 그리고 그곳에서 놀라운 광경을 목격하게 되었다.

"말하자면 그건 일종의 병기고였네. 인간이 상상조차 할 수 없는 각양각색의 병기가 모두 있었지. 그리고 우리 중 누군가가 아주 섬뜩한 물건들을 알아봤어."

"마도십병?"

"그렇다네. 풍문으로만 떠돌던 마도십병이었지. 아는지 모르겠지만 마도십병은 본시 수라마군이 천하를 떠돌며 비무를 한 심산(深山)의 대마두들 것이지. 후일 그들이 수라마군에게 수하가 되기를 자처하면서 백백궁에 깃들었다는 건 알았지만 왜 직접 휘두르지 않고 마병을 그곳에 모아두었는지는 아직도 의문이야."

"그때 마병을 수중에 넣었군요."

"처음부터 감출 생각은 아니었네. 하지만 그때 우리는 매우 흥분한 상태였네. 소위 힘있는 문파들이 우리에게 한 짓을 생각하며 모두 치를 떨었지. 영원한 적도 영원한 아군도 없으며 힘이 있어야만 스스로를 지킬 수 있다는 강호의 비정한 법칙을 깨달았다고나 할까?"

그때 생각이 나는 듯 석단룡은 잠시 숨을 골랐다. 지금 생각해도 치가 떨리고 이가 갈리는 모양이었다.

"이대로 가다가는 이런 일이 있을 때마다 우리는 그들의 뒤치다꺼리밖에 할 수 없다는 걸 직감했지. 이런 비굴한 상황을 다음 세대에게까지 물려주고 싶지 않았네."

"무림문파들의 눈을 속이고 마도십병을 빼돌리기가 쉽지 않았을 텐데요."

"우린 마도십병을 땅속 깊은 곳에 묻어둔 다음 병기고 전역에 전투가 벌어진 듯한 흔적을 만들었네. 그리고 전투가 끝난 후 결사대를 이끈 영수들 앞에서 백백궁의 생존자들이 무언가를 가지고 도주했다는 진술을 했지. 후일 그 일은 수라마군의 수하들이 마도십병을 가지고 도주했다는 소문으로 바뀌었지. 그리고 일 년이 지난 후, 우리는 한날한시에 폐허가 된 백백궁에 모여 묻어둔 마도십병을 찾았네. 그리고 각자의 문파로 돌아가 오늘에 이르렀지."

석단룡의 긴 이야기가 끝이 났다.

그제야 살극달은 마도십병이 십패의 수중에 있게 된 사정을 한 줄에 꿸 수 있었다. 어느 정도는 짐작했던 이야기다.

하지만 의문이 모두 풀린 것은 아니다.

"신병이기를 손에 넣는 것만으로는 하루아침에 고수가 될 수 없습니다."

다시 한 번 정곡을 찌르는 살극달의 말이 이어졌다. 말 그대로 신병을 손에 넣는 것만으로 지방의 중소 방파가 중원을 쥐락펴락하는 거대 문파로 성장할 수는 없는 노릇이다.

게다가 십패는 행여나 소문이 날세라 꼭꼭 숨겨두기 바빴을 테니 신병에 의지해 강해진 것도 아니었다.

"육십 년의 세월은 하루아침이라는 말로 비약할 수 있는 것이 아닐세."

"구대문파를 위협할 정도의 거대 문파로 성장하기에도 지나치게 짧은 세월이죠."

"하고 싶은 말이 무엇인가?"

"제가 짐작하기에 그곳은 병기고가 아니었습니다. 또한 마도십병만 있었던 게 아닙니다."

"병기고가 아니면?"

"그건 일종의 성전이었을 겁니다. 무공 비급과 신병을 비롯해 백백교의 모든 뿌리가 있는, 십 인의 대마두가 분신이나 다름없는 병기를 바친 것도 그런 이유 때문이고요. 그렇지 않습니까?"

석단룡은 진정으로 놀란 듯했다.

그는 이해할 수 없다는 얼굴로 한참이나 살극달을 바라보더니 말했다.

"어째서 그렇게 생각하는가?"

"아시다시피 사왕검은 혼원벽력검을 펼친 어느 마두의 것입니다. 처음에 난 혼원벽력검이 음공과 양공으로 나뉘어 있고, 그중 절반이 이 혼원벽력검에 숨겨져 있다고 믿었죠. 그나머지 절반을 회수하지 못한 뇌정신군은 스스로 창안한 검공으로 이 사왕검을 펼치게 했다고."

"……?"

"하지만 아니었습니다. 혼원벽력검은 사왕검으로 펼칠 때 가장 위력을 발휘할 뿐, 그래서 상징적인 의미로 검공의 반쪽으로 불릴 뿐 실제로는 완전한 검공이 따로 있었습니다. 뇌정신군이 창안했다는 검공은 처음부터 혼원벽력검이었던 겁니다. 다만 마기(魔氣)를 제거하기 위해 인위적으로 손을 댔을 뿐."

"원하는 게 무엇인가?"

석단룡은 그 한마디로 자신들이 마도십병과 함께 마공 비급도 손에 넣었음을 인정했다. 십패의 무공에 마공이 흘러들었음을 시인한 것이다. 강호를 발칵 뒤집어놓을 수도 있는 일대 사건이었다.

살극달이 대답을 않자 석단룡이 말했다.

"설혹 우리가 마병을 빼돌렸다고 한들 그게 어쨌다는 말인가. 우리가 아니어도 누군가는 그것을 취했겠지. 우리는 그후 마병을 한 번도 공개한 적이 없고, 그로 말미암아 무림의 평화에 일정 부분 기여했다고 자부하네. 설마 마병을 취하고 무공을 취했다고 해서 우리를 마인으로 몰아세우려는 건가?"

"난 흑백을 따지는 사람이 아니고, 또한 그런 것엔 관심도 없습니다."

"하면 이제 와서 마도십병이 우리의 수중에 넘어오게 된 사정을 캐는 이유가 무엇인가?"

흥분한 탓인지 석단룡은 거듭 질문을 했다.

질문은 오직 승자만 할 수 있었지만, 살극달은 굳이 따지지 않았다. 한두 마디 대답을 해준들 크게 대수롭지 않기 때문이었다.

"누군가 내 아우들을 죽였습니다. 난 그에게 혈채를 받아

낼 겁니다. 하지만 그전에 그를 알아야 합니다. 그가 지금 벌이는 행동의 모든 시작점에 바로 그날 밤의 일이 있습니다."

"그라면……?"

살극달은 사왕검을 집어 검갑에 꽂았다.

복잡한 표정의 석단룡을 뒤로하고 창가로 다가가던 살극달이 말했다.

"수라마군이 돌아왔습니다."

"……!"

第四章
용봉지연이 시작되다

뭔가 찜찜했다.

석단룡과 헤어진 후 객방으로 돌아오는 와중에 살극달은
내내 그 생각이 들었다. 이유를 알 수는 없지만 석단룡은 무
언가를 숨기고 있었다.

그건 논리적으로는 설명할 수 없는 어떤 예감 같은 것이었
다. 하지만 오랜 세월을 살아온 경험을 기반으로 살극달은 자
신의 이런 예감이 틀리지 않음을 확신했다.

객방으로 돌아왔을 땐 방 안이 발칵 뒤집혀 있었다. 정확히
말하면 조빙빙과 장자이가 크게 당황해하고 있었고, 검노와

매상옥은 구석에 앉아 전날 밤 먹다 남은 술을 홀짝이고 있었다.

"어딜 가면 간다고 말을 해야죠."

장자이가 시어미처럼 잔소리를 해댔다.

살극달이 갑자기 사라져서 다들 놀란 모양이었다.

"어떻게 된 거예요?"

조빙빙이 물었다.

장자이보다는 훨씬 예를 갖추었지만 그녀 역시 상당히 화가 난 음성이었다.

"석가주를 만나고 왔소."

"……!"

"……!"

"……!"

"……!"

살극달의 대답에 장자이와 조빙빙이 동시에 놀란 표정을 지었다. 검노와 매상옥은 잠깐 얼굴이 굳었지만 이내 고개를 돌리고 술잔을 기울였다.

"그가 뭐라고 하던가요?"

조빙빙이 물었다.

그녀는 살극달이 석가주를 만나 무슨 이야기를 했을지 이미 짐작하고 있었다.

살극달은 대답 대신 장자이를 바라보며 물었다.

"십패의 패주들은 어느 정도로 강하지?"

"갑자기 그건 왜요?"

"묻는 말에 대답이나 해봐."

"글쎄요. 그들이 한자리에 모여 논검을 한 일이 없으니 정확한 우열은 알 수가 없죠. 다만 강호에 떠도는 말에 의하면 십 인의 거두 중에서도 세 명의 무공이 특히 출중하다더군요."

"그들이 누구지?"

"전날 자하부주인 뇌정신군 독고정과 강동 석가주인 하일검제 석단룡, 제검성주인 북두검군(北斗劍君) 제종명을 일컬어 강호인들은 당대의 천하삼검이라고 해요. 하지만 그들 세 사람이 아무리 강하다고 한들 나머지 일곱 명과는 그야말로 아주 작은 차이라는 게 우리 도문의 평가예요. 한데 그건 왜 묻는 거죠?"

살극달은 이번에도 대답은 않고 검노를 바라보았다.

"석년에 대륙을 가로지를 당시 십패의 패주 중 한 사람이라도 마주친 적 있소?"

"그랬다면 놈들의 모가지가 아직까지 붙어 있겠느냐?"

"운이 좋았군요."

"운이 좋고말고. 세상에 그놈들만큼 운이 좋은 자들도 없을 거야. 이렇게 될 줄 알았으면 내가 찾아서라도 주리를 틀어놓을 걸 그랬지? 클클클."

술이 들어가서 그런지 검노는 기분이 좋은 것 같았다. 하지만 이어지는 살극달의 말이 찬물을 확 끼얹었다.

"그들이 아니라 당신 말이오."

"뭐?"

"만약 그때 십패 중 한 명이라도 만났다면 당신의 목은 아직까지 붙어 있지 못했을 것이오."

살극달이 똑같은 말로 돌려주었다.

십여 년 전 검노가 혼세마왕으로 불리던 시절, 일만 마병을 이끌고 대륙을 질타할 때 십패는 왜 나서지 않았을까?

그들은 그때를 힘의 지도를 바꿀 절호의 기회로 보았다.

그때까지만 해도 강호의 주인은 구대문파와 오대세가였고, 중원의 무림인들은 그들에게 역할을 해줄 것을 바랐다.

자연히 구대문파와 오대세가는 전면으로 나설 수밖에 없었다. 그사이 십패는 한 걸음 물러나 지원을 하며 조용히 내실을 다졌다.

그 결과 검노의 질주행을 기점으로 구대문파는 크게 위축되었고 십패가 전면에 부상했다. 강호의 주인이 바뀐 것이다. 그건 십패에게도 상당한 모험이었음이 분명했다.

"거 무슨 가당치도 않은 소리를 하는 게냐!"

검노가 버럭 소리를 지르며 자리에서 일어났다. 그가 재우쳐 목청을 높였다.

"내 비록 기력이 쇠해 지난날의 내공 중 칠 할 정도밖에 사용할 수 없다는 걸 인정한다. 하지만 아직도 그런 놈들 하나쯤은 너끈히 상대할 수 있다고!"

"두고 보면 알겠지."

*   *   *

아침이 밝았다.

비무대가 설치된 석가장의 대연무장은 사람들로 발 디딜 틈이 없었다.

쭉정이들을 걸러내기 위해 강동석가에서는 신분을 확인한 후 장원 출입을 허가하는 특단의 조치를 취했지만 전혀 효과를 보지 못했다.

용봉지연을 보겠다며 타성에서까지 찾아온 무림인들이 지나치게 많았고, 차마 그들을 내쫓을 수 없었던 강동석가는 장원 문을 아예 개방해 버렸다. 그런 이유로 호반에 자리한 방원 일만여 평의 초대형 연무장은 그야말로 북새통을 이루었다.

그나마도 자리를 찾지 못한 사람들은 연무장을 둘러싸고

있는 수림의 나무로 올라갔다. 덕분에 조금 크다 싶은 나무엔 어김없이 구경꾼들이 늦가을 감나무의 감처럼 주렁주렁 매달려 있었다.

전체 칠 일 동안 열리는 무림대회 중 제일의 백미답게 용봉지연은 첫날부터 시작해 마지막 칠 일까지 계속해서 이어진다.

용봉지연의 마지막 우승자가 결정 나는 순간 무림대회도 끝이 나는 것이다. 때문에 용봉지연은 무림대회의 전부라고 할 수 있었다.

방식은 이렇다.

첫날부터 여섯째 날까지는 누구나 비무대에 오를 수 있다. 내리 세 명의 도전자를 쓰러뜨리면 그는 자신이 원하든 원하지 않든 비무대를 내려와야 한다.

이때의 승패는 마지막 날에 펼쳐지는 결승전의 진출과 아무런 관련이 없다. 다만 비무 그 자체에 의의를 둘 뿐이다.

이른바 서로의 실력을 가늠하는 탐색전인 동시에 분위기를 돋우는 비무연이었다.

이 과정에서 구경꾼들은 올해의 우승 후부를 점치기도 하고, 비무에 참가하려 했던 어떤 후기지수들은 자신의 실력이 미천함을 깨닫고 포기하기도 한다.

강력한 우승 후보들이 초장부터 비무대에 올라가 자신의

실력을 노출할 리 없다. 또한 비무연이라고 해도 부상을 당하지 말란 법도 없다.

때문에 구경꾼들의 바람에도 불구하고 이름난 후기지수들은 초반에 출전하기를 꺼렸다. 상대적으로 약한 후기지수들은 이 틈을 타 자신들의 이름을 날리는 기회로 삼기도 했다.

그렇게 엿새를 보내고 난 후 마지막 이레째 되는 날 진짜 용봉지연이 펼쳐진다.

나이 서른 이하의 후기지수들은 출신과 실력을 따지지 않고 누구든 도전할 수 있으며, 해가 지는 순간 마지막으로 비무대에 남아 있는 사람이 그 해의 최종 우승자가 되는 것이다.

승패는 비무대 밖으로 떨어지거나, 죽거나, 패배를 인정하면 갈라진다. 하지만 사람에 따라 패배를 자인하는 것이 죽는 것보다 어려운 상황이 있다.

은원이 있는 상대끼리 만나면 그렇다.

비무는 진작부터 벌어지고 있었다.

빼어난 얼굴에 청의를 입은 사내 하나가 시퍼런 예기를 뿌리는 장검으로 흑의사내를 겁박하고 있었다.

순식간에 흑의사내가 일 검을 먹었다.

흑의사내는 비무대 위에 붉은 피를 뿌리며 황급히 서너 걸음을 물러났다.

군중의 환호성이 커지자 청의의 사내는 재빨리 거리를 좁혔다. 이어 측면을 찔러오는 칼을 피해 도약하더니 칼등으로 흑의사내의 뒷덜미를 후려쳤다.

퍽! 소리와 함께 흑의사내가 앞으로 고꾸라져 버렸다. 실신이었다.

군중이 떠나갈 듯 환호를 보내는 사이 몇 사람이 비무대로 올라와 쓰러진 흑의사내의 두 발을 잡아끌고 사라졌다.

비무대의 한쪽에서 칠 척의 거한 하나가 붉은 깃발을 청의사내에게로 눕히면서 외쳤다.

"이적풍, 일 승!"

청의사내의 이름이 이적풍인가 보다.

용봉지연이 본격적으로 시작되었음을 알리는 첫 승이었다.

군중의 환호가 다시 한 번 먼지처럼 피어올랐다. 이적풍은 비무대 정중앙에 서서 군중을 향해 답례의 포권지례를 한 후 큰 소리로 외쳤다.

"다음엔 어느 분이 가르침을 주시겠소?"

이적풍이 물었지만 어쩐 일인지 선뜻 비무를 하겠다고 나서는 사람이 없었다.

첫날의 비무는 고수들이 등장하기 전에 조금이라도 이름을 날려보려는 자들의 차지다. 고수들은 또 여흥을 돋우기 위해서라도 일부러 시간을 할애해 준다.

그것이 관례고, 비록 짧은 연혁을 지녔으나마 은연중에 지켜져 온 용봉지연의 전통이었다.

한데 이적풍은 그런 범주에 드는 사람이 아니었다. 군중이 이렇게 바글바글 끓는 것도, 처음부터 환호성을 지르는 것도 바로 그 때문이었다.

이적풍은 중원 전역에 대소 이십여 개의 광산과 농장을 거느린 금적문(金笛門)의 소공자였다.

일설에 따르면 강동석가의 영애 석부용을 흠모한 나머지 수차례 구애를 했다고 한다.

엄청난 부를 축적했다고는 하나 무림에서 따지자면 백대 문파의 반열에 겨우 드는 금적문이 어찌 십패의 하나인 강동석가에 견줄 것인가.

하지만 문파의 힘이란 것이 꼭 무력에서 나오는 것이 아니고 보면 금적문은 그리 나쁜 혼처라고 볼 수 없었다.

문제는 석부용이었다.

어쩐 일인지 석부용은 이적풍을 썩 마음에 들어하지 않았다. 얼굴도 잘생긴데다 그만하면 무공 역시 어디 내놔도 처지지 않는 편이었지만 당사자가 싫다고 하니 어쩔 수 없는 노릇이었다.

어쨌거나 그런 배경 이야기가 있다 보니 이적풍이 첫날부터 맹위를 떨치는 것이 다분히 석부용과 석가장을 의식한 치기라는 말들이 사람들 사이에서 나돌기 시작했다.

살극달 일행이 나타난 것도 바로 그때였다.

긴 여행의 피로와 간밤의 숙취로 뒤늦게 연무장을 찾은 사람들은 그야말로 입이 쩍 벌어졌다.

"개떼같이 모였군. 대체 비무대가 어디야?"

검노가 목을 쭉 빼고 말했다.

오 척이 조금 넘는 그에게 인의 장막 너머에 있는 비무대는 산 너머의 풍경처럼 막막했다. 멀리서도 잘 볼 수 있도록 비무대를 높이 설치했는데도 그랬다.

"저쪽으로 삼십여 장 너머에 있습니다."

매상옥이 손가락으로 한쪽을 가리키며 말했다.

"어디 말이냐?"

검노가 매상옥이 가리킨 방향으로 까치발까지 들고 다시 한 번 목을 쭉 뽑아보았다. 하지만 보이는 것이라곤 각양각색으로 생긴 인간들의 뒤통수뿐, 도무지 비무대 비슷한 것도 찾을 수가 없었다.

사실 이건 검노의 키가 작아서 발생한 일만은 아니었다. 앞줄의 사람들이 보다 더 잘 보기 위해 서 있었고, 그로 말미암아 시야가 가린 뒷줄의 사람들이 까치발을 들었고, 다시 그 뒷줄의 사람들이 더 높은 까치발을 들었기 때문에 한참이나 뒤로 밀려난 사람들은 더욱더 잘 보이지 않게 된 것이다.

검노의 곤란한 기색을 눈치챈 매상옥이 그때까지 등에 짊어지고 있던 철구를 재빨리 꺼내 검노의 발치에 내려놓으며 말했다.

"올라서십시오."

나름 스승을 보필한다고 애를 쓴 모양이었지만 검노의 반응은 냉랭했다.

"내 키가 작다고 무시하는 거냐?"

"그런 게 아니라……."

"저리 치워!"

"그럼 제가……."

장자이가 재빨리 철구를 차지하고 올라섰다.

검노와 매상옥이 뻘쭘한 얼굴로 그 모습을 바라보았다.

여자인 탓에 장자이의 키도 검노와 별반 다르지 않았다. 하지만 웬걸, 철구를 딛고 올라서서 까치발까지 들었지만 그녀에게도 비무대의 절반밖에 보이질 않기는 매한가지였다.

장자이가 신경질적으로 내려서더니 조빙빙을 돌아보며 말했다.

"오공녀씩이나 되면서 이게 뭐예요?"

"무슨 말이야?"

"그렇잖아요. 자하부의 오공녀라면 비무대 주변의 귀빈석을 내주어도 모자랄 판에 이게 뭐냐고요."

장자이의 말처럼 비무대 주변엔 유력 문파들을 위한 귀빈
석이 마련되어 있었다. 석가장에서 미리 준비해 둔 훌륭한 의
자와 탁자에다 중간에 목이 마르면 마실 수 있도록 차까지 준
비되어 있었다.

거기에 더해 한쪽엔 문파를 상징하는 깃발까지 꽂아 그곳
이 그들만을 위한 특별한 공간임을 상징케 했다.

그중 비무대와 군중을 동시에 정면으로 바라보이는 기단
석은 역시 십패의 차지였다.

산동의 제검성을 비롯해 산서의 녹류산장, 하남의 신비루,
섬서의 제왕곡, 사천의 검각, 운남의 천룡문, 호광의 은하검
문, 강서의 철기보, 그리고 마지막으로 강동석가에서 온 귀빈
들이 위풍당당한 모습으로 앉아 있었다.

하지만 어디에도 자하부를 위한 자리는 없었다.

뇌정신군이 죽었다고는 하나 그레도 한때는 저들과 당당
히 어깨를 겨루던 십패의 한곳이 아닌가.

장자이는 조빙빙의 무능함을 힐난하는 것이 아니라 강호
의 야박한 인심을 탓하고 있었다.

그때였다.

"여기 있었구나. 어딨는지 몰라 한참 찾았네."

갑작스러운 목소리에 돌아보니 학처럼 흰 무복을 차려입

은 제검성의 삼공자 제운학이 서너 명의 수하와 함께 환하게 웃고 있었다.

"제 오라버니?"

조빙빙이 화들짝 놀라며 말했다.

그녀는 아마도 제운학을 보면 오라버니라는 말이 반사적으로 튀어나오는 모양이다. 조빙빙의 성격을 고려하면 어지간히 익숙하지 않고서는 나오기 어려운 단어였기에 장자이와 매상옥은 쉽게 적응이 되질 않았다.

이상하게 느낀 것은 두 사람뿐만이 아니었다.

주변에는 구경꾼들이 아주 많았다.

그들은 강건한 기도에 범상치 않은 옷차림, 거기에 빼어난 용모까지 지닌 청년 검수가 등장하는 순간부터 그를 주시했다.

그러다 누군가 제검성의 삼공자라고 읊조렸고, 삽시간에 주변의 사람들이 수군대기 시작했다.

산동을 주름잡는 신진고수이자 당해 용봉지연의 유력한 우승 후보인 제운학이 나타난 것이다. 특히 제운학의 빼어난 외모에 눈이 휘둥그레진 여자들은 체면도 마다하고 앞다투어 몰려들기 바빴다.

여자들의 시선은 자연스럽게 조빙빙에게로 향했다. 여전히 변장을 하고 있는데다 자하부의 오공녀라고 보기에는 지나치게 평범한 복장을 하고 있었기에 그녀를 알아보는 사람은 없었다.

여자들이 궁금한 것은 제운학이 저렇게 반가워하고 또 그를 당당히 오라버니라고 부를 수 있는 저 주근깨 시골뜨기 계집이 누구냐는 것이었다.

"여긴 어쩐 일로……?"

뒤늦게 사람들의 시선을 느낀 조빙빙이 황망한 표정으로 물었다.

"어쩐 일이긴, 시간이 되어도 보이질 않기에 지객당으로 찾아가 물어봤다. 그들도 네가 어디로 갔는지 몰라서 찾는 중이라고 하더군. 답답한 마음에 내가 그냥 직접 찾아 나선 길이다."

"저를요? 왜요?"

"왜라니? 당연히 우리와 함께 나란히 앉아서 용봉지연을 구경해야지."

조빙빙은 선뜻 대답을 못하고 슬그머니 살극달의 눈치를 보았다. 어떻게 해야 할지를 묻는 것이다. 그때 눈치 빠른 제운학이 살극달을 향해 말했다.

"함께 가시죠. 만나보고 싶어하는 사람들도 있고."

제운학의 안내로 간 곳은 비무대가 정면으로 바라보이는 곳이었다. 적당한 크기의 간이 탁자가 놓인 곳에 화려한 복색을 한 세 명의 인물이 앉아 있었다.

석일강, 석부용 남매와 구담이었다.

석씨 남매는 그렇다고 쳐도 구담까지 있는 건 뜻밖이었다. 검노를 비롯한 사람들은 불쾌한 기색을 숨기지 않았다.

하지만 전날처럼 도발적인 눈빛은 아니었다. 아마도 제운학으로부터 다짐을 받은 모양이었다. 그렇지 않다면 시비가 벌어질지도 모르는 자리에 제운학이 초대를 했을 리도 없지 않은가. 혹여 일부러 엿을 먹이려는 속셈이라면 몰라도.

"어서들 오십시오."

석일강이 가장 먼저 자리에서 일어나 인사를 건네왔다. 딱히 누구를 지칭하지 않고 두루뭉술하게 인사를 하는 것으로 그는 한꺼번에 격식을 차렸다.

인사를 받고도 가만히 있을 수 없는 살극달 일행의 입장에선 한 사람 한 사람 모두가 인사를 해야 했다. 그렇게 되면 마치 석일강에게 문안을 올리는 꼴이 될 터였다.

하지만 당연하게도 그런 일은 일어나지 않았다.

조빙빙이 대표로 포권지례를 한 것 외에는 누구도 고개를 까딱하지 않았기 때문이다.

"그럼 실례하겠습니다."

"실례는 무슨, 자하부의 오공녀가 왔는데 따로 자리를 마련해 주지 않는 것이 오히려 잘못된 거지요. 안 그래도 그 일

로 아침나절에 제 형으로부터 호된 면박을 들었습니다. 하하!'

말과 함께 석일강이 제운학을 곁눈질하며 호탕하게 웃었다. 그는 제운학이 조빙빙을 각별히 챙겼다는 것을 은연중에 말해주고 있었다.

조빙빙이 제운학을 향해 가볍게 고개를 끄덕였다. 신경 써줘서 고맙다는 뜻이다.

석일강이 이어 말했다.

"사실 이번 일은 제 동생의 요청에 따른 것입니다."

"그게 무슨……?"

"애초 석가장은 자하부를 위해서도 따로 자리를 하나 마련해 드릴 작정이었습니다. 하지만 전날 오공녀와 일행 분께서 역용에 변복을 하신 걸 보고는 사람들 앞에 나서길 꺼린다는 걸 짐작한 제 동생이 지객당주에게 요청을 했죠. 자하부의 손님들은 우리가 따로 모실 테니 자리를 만들지도 말라고요. 하여 오늘 아침에도 저희가 일부러 사람을 보냈더니 보이질 않아서 내심 걱정하는 차였습니다."

그제야 조빙빙은 석가장이 자신들을 왜 그렇게 푸대접했는지 이유를 알았다. 따지고 보면 조용히 머물길 바라면서 대접이 소홀하다고 섭섭해했던 자신들이 이상한 것이다.

"석 소저의 세심한 배려에 감사드립니다."

조빙빙이 뒤늦게 석부용을 향해 포권지례를 했다. 석부용
역시 조빙빙에게 마주 포권지례를 했다. 나이도 비슷하고 하
니 제법 친했을 법도 하건만 두 사람 사이엔 어쩐지 거리가
있는 듯했다.

그건 한쪽은 혈통과 무공을 모두 이은 딸이고 한쪽은 무공
만 이은 제자라는 신분의 차이 때문일 것이다.

석부용은 이어 살극달을 돌아보며 말했다.

"또 보는군요."

말갛게 웃는 그녀의 미소가 햇살에 부서졌다. 저 미소에 반
해 상사병을 앓는 후기지수들이 숱했다.

특별히 살가운 인사를 나눌 사이는 아니라고 생각했던 살
극달은 석부용이 자신에게만 특별히 인사를 건네오자 다소
의아스러웠다.

"그렇군요."

살극달이 가볍게 답례를 하는 사이 사람들이 너도나도 빈
자리를 찾아 앉았다. 살극달은 가장 가까운 곳에 앉았는데 하
필이면 그게 석부용의 맞은편이었다. 조빙빙은 살극달의 옆
에 앉았는데 그게 또 하필이면 제운학의 맞은편이었다.

그 외 장자이, 매상옥, 검노 등은 구담과 석일강을 마주 보
며 앉았다. 구담은 처음 살극달 일행이 등장했을 때 살짝 고
개를 끄덕인 것 말고는 별다른 친밀감을 보이지 않았다.

장자이는 사람들의 표정을 살피기 바빴다.

예민한 성격의 소유자인 그녀는 지금의 자리 배치가 어쩐지 누군가의 의도에 의한 것이라는 생각을 지울 수가 없었다.

반면 검노와 매상옥은 탁자 위에 놓인 술 호리병에 정신을 빼앗겼다. 이곳에 도착하는 순간부터 정체 모를 술 향기가 코끝을 간질이더니 아무래도 평범한 술이 아닌 듯했다.

"한잔하시겠습니까?"

석일강이 슬그머니 물었다.

"그럴까나?"

검노가 술잔을 집어 들었다.

석일강이 가볍게 웃더니 검노가 집어 든 술잔에 주둥이를 대고 호리병을 기울였다. 호박처럼 노란 빛깔을 띤 가운데 맑고 투명한 술이 돌돌돌 흘러나와 술잔을 가득 채웠다.

그렇잖아도 목구멍을 자극하던 주향이 주변 가득 퍼졌다.

검노는 단숨에 술잔을 털어 넣고는 입안에서 잠시 음미하다가 꿀떡 삼켰다. 그의 표정이 행복에 겨운 듯 아스라해졌다.

"어떻습니까?"

석일강이 물었다.

"무슨 술인고?"

"산삼주입니다."

"산삼주가 이렇게 향기롭단 말인가?"

양민들에게 산삼은 언감생심 귀한 약재였지만 마교주였던 검노에게는 흔하디흔한 물건일 뿐이었다.

그런 이유로 검노는 중원 각처에서 가져온 산삼주를 충분히 먹어보았다. 하지만 이토록 향기로우면서도 달콤한 산삼주는 맹세코 처음이다.

"산삼주는 산삼주되 조금 특별한 산삼주이지요. 이 작은 호리병 하나의 술을 만드는 데 삼백 년 묵은 장백산삼 일곱 뿌리가 들어갔다면 믿으시겠습니까?"

검노의 얼굴이 발그레해졌다.

세상 사람들 누구나 아는바, 산삼은 장백에서 난 걸 최고로 친다. 더구나 삼백 년이나 묵었다면 제아무리 돈을 싸들고 구하려고 해도 인연이 없다면 못 구하는 영물이다.

그게 일곱 뿌리나 들어갔으니 눈앞의 술은 술이 아니라 영약이라고 해야 옳을 것이다.

"일곱 뿌리나 들어갔는데도 이렇게 맑다는 게 이해가 되지 않는군."

"산삼은 양(陽)의 성질을 지닌 대표적인 약재지요. 본시 양기를 지닌 약재는 끓일수록 맑아지고, 음기를 지닌 약재는 반대로 탁해지지요."

"음, 그럴듯하군. 한데 독은 왜 탔지?"

검노의 한마디에 좌중이 쩌정쩡 얼어붙었다.

매상옥은 대번에 허리춤에 꽂아놓은 쌍겸에 손을 가져갔고, 장자이는 검파를 잡아갔다.

조빙빙도 당황하긴 마찬가지였다.

사람을 대접한답시고 초대를 해서 술을 먹이더니 독을 탔을 줄이야. 조빙빙은 매우 화가 난 표정으로 석일강을 노려보았다. 어찌 된 영문인지를 묻는 것이다.

하지만 석일강은 만면에 미소를 지으며 물었다.

"그걸 아시고도 잔을 비우셨습니까?"

석일강의 한마디에 사람들의 얼굴이 더욱 찡그려졌다. 저 스스로 하독했음을 인정했으니 더 말해 무엇하랴 싶었다.

아니나 다를까, 매상옥이 발끈하고 나섰다.

"이런 제기랄!"

당장에라도 겸을 뽑아 일어서려는 그의 어깨를 누군가 강하게 짓눌렀다. 살극달이었다.

"기다려."

살극달은 말과 함께 검노를 바라보았다.

어찌 된 영문인지 설명을 요구하는 눈빛이었다.

매상옥은 어금니를 빠드득 갈면서 참을 수밖에 없었다. 장내가 조금 진정되자 검노가 매서운 눈으로 석일강을 바라보았다.

"이까짓 독으로 날 어찌할 수 있을 듯싶으냐?"

"당연히 아무 일 없을 줄 알았습니다."

"어찌하여?"

"그 독은 살상용이 아니기 때문입니다."

"설명이 충분치 못하면 명년 오늘이 네놈의 제삿날이 될 줄 알아라."

천하의 누가 강동석가의 일공자를 이토록 겁박할 수 있을 것인가. 석가장의 한복판에서 말이다.

하지만 검노는 그런 걸 따지는 위인이 아니었다.

"노선배께서 방금 드신 술은 산삼 일곱 뿌리를 뽑아 천 일 동안 발효시킨 다음 주액만 따로 걸러낸 것입니다. 그러다 보니 양기가 지나치게 강해 내공이 약한 사람이 마셨다간 자칫 단전을 상할 수도 있습니다. 하여 한 가지 약재가 더 들어갔지요."

"그게 무엇이냐?"

"봉독입니다."

"봉독?"

"암컷 마봉(馬蜂) 백 마리의 독을 동시에 발효시켜 음양의 조화를 다스렸습니다. 한 잔을 마시면 몸 안의 탁기가 사라지고, 두 잔을 마시면 칠십에도 자식을 볼 만큼 정력이 왕성해지고, 석 잔을 마시면 흰 머리카락이 검게 변한다고 합니다.

물론 봉독을 다스릴 수 있을 정도의 내력을 지닌 사람에 한해서 말입니다."

"그래?"

다분히 과장된 말이었지만, 그걸 알면서도 군침을 삼키는 게 또 남자들의 속성이다.

검노는 언제 그랬냐 싶게 표정을 풀더니 누가 빼앗아 먹기라도 할세라 연거푸 술잔을 비웠다. 이어 혼자만 먹기 미안했는지 석일강과 주거니 받거니 죽이 척척 맞았다.

괜스레 긴장했던 다른 사람들도 하나둘씩 술자리에 참여하면서 좌중은 다시 평온해졌다.

"어제는 경황이 없어 미처 얘기를 못 나눴는데, 그동안 어떻게 지냈어?"

제운학이 조빙빙에게 친근한 어조로 물었다.

"아시다시피 여러모로 어수선하게 보냈죠."

"고주일검은 얼마나 진전이 있었는지 모르겠네. 내 아버지께선 자하부의 검공엔 허술한 것이 없다고 하셨지."

"사부님의 무학은 제일이죠. 다만 저의 자질이 부족한 것이 문제지."

"아니, 넌 분명 뛰어난 무재를 지녔어. 꾸준히 수련한다면 언젠가는 일성을 떨쳐 울리는 검사가 될 거야. 내 비록 대단한 고수는 아니지만 여기 머무는 동안만이라도 도울 게 있다면 언제든 말해줘."

"바쁘실 텐데 그러지 않으셔도 됩니다."

"바쁘긴, 온종일 사람들과 어울려 술이나 마시는 게 전부인데."

제운학은 조빙빙과 대련을 하고 싶다는 말을 에둘러 하고 있었다.

무림인들은 이런 식으로 대련을 하며 친해지는 경우가 많다. 언제 상처를 입을지 모르는 긴장감 속에서 함께 땀을 흘리다 보면 제아무리 서먹한 사이라도 절로 친해지지 않겠는가.

비무를 하는 당사자가 젊은 남녀라면 더욱 그렇다. 죽일 작정으로 싸우는 게 아니니 상대가 다치지 않도록 배려도 해야 하고, 혼자 일방적으로 검초를 연습할 수 없으니 상대의 투로에 맞춰 공방을 번갈아 하기도 해야 한다. 그러다 보면 저절로 호흡을 맞추게 마련이다.

용봉지연을 앞둔 제운학이 이토록 여유로운 것은 자신이 있기 때문일 것이다. 그 이전에 조빙빙을 좋아하는 마음이 더 크겠지만 말이다.

하지만 제운학은 조빙빙이 살극달이라는 기연을 얻었으며, 이곳 양주로 오는 동안 두 사람이 줄곧 대련을 했다는 건 까맣게 몰랐다.

"제 공자께서 말씀하시는 게 대련 상대라면 굳이 직접 수고하지 않으셔도 돼요."

장자이가 말했다.

사람들의 시선이 일제히 그녀를 향했다.

은근한 도발에도 불구하고 제운학은 사람 좋은 미소를 지었다. 그는 딱히 이유를 물을 생각도 없는 것 같았다. 제운학을 대신해 석일강이 물었다.

"그건 왜 그렇습니까?"

"우리 쪽에도 사람이 있거든요."

장자이가 딱히 더 말을 붙이지 않았음에도 제운학, 구담, 석부용의 시선이 자연스럽게 살극달을 향했다.

살극달은 이들의 작은 행동을 놓치지 않았다.

이들 세 사람은 어제의 조우를 통해 자신의 정체를 알고 있었다. 특히 검노라는 인물의 등장에 대해 대단히 신경을 썼다.

석일강이 술을 권하는 척하며 사실은 검노의 내력을 알아내려고 안간힘을 쓰는 것만 봐도 알 수 있었다.

그러니 장자이가 이쪽에도 사람이 있다는 말을 했을 때 저들의 시선은 자신이 아니라 검노를 향해야 했다.

하지만 그러지 않았다.

젊은 사람은 젊은 사람들끼리 어울릴 거라는 막연한 믿음이 있기라도 했던 걸까? 어쩌면 그들이 검노나 자신에 대해 더 알고자 했다면, 그래서 이런 행동이 무의식중에 나온 것이라면 어떨까?

그렇다고 해도 자신이 상당한 수준의 실력을 지녔다는 사실을 안다는 전제하에서, 최소한 의심을 한다는 전제하에서 가능한 것이었다.

석일강이 다시 장자이에게 물었다.

"조 소저는 자하부의 오공녀요. 대련을 통해 도움을 주려면 최소한 그녀와 비슷한 실력이거나 훨씬 윗줄이어야 하오."

석일강은 여우였다.

갑작스럽게 나온 장자이의 한마디도 허투루 흘려보내지 않고, 이번엔 살극달의 내력을 넌지시 파고들었다.

"그러니까 더욱 그렇죠."

"무슨 말씀인지……?"

"그런 논리로 따지자면 더더욱 제 공자께 대련을 청할 이유가 없다는 거죠. 가까이 있는 범털을 놔두고 굳이 멀리 있는 개털을 만나러 갈 이유가 있겠어요?"

第五章
석부용의 속셈

　말인즉슨 살극달이 범털이라면 제운학은 개털에 불과하다
는 것이다. 장자이의 도발적인 말에 석씨 남매의 표정이 급격
하게 어두워졌다.

　일절 대화에 참여하지 않고 꿔다 놓은 보릿자루처럼 앉아
있던 구담도 눈동자를 빛냈다.

　어찌 세 사람뿐일까.

　중간에 끼인 조빙빙은 당황하여 어쩔 줄을 몰라 했고, 매상
옥 역시 '저런 찢어 죽일 년. 아무 데서나 설치고 지랄이야'
라는 표정으로 장자이를 노려보았다.

하지만 정작 당사자인 제운학은 너털웃음을 터뜨릴 뿐이었다.

"하하하, 빙빙에게 대단한 친구들이 있다는 걸 제가 깜빡했습니다. 아시다시피 빙빙이 워낙 공사가 분명한 성격인지라 어떻게든 같이 있어볼 욕심에 제가 친구 분들을 언짢게 해드린 것 같군요. 늦었지만 정중히 사과드립니다."

제운학은 포권지례까지 해 보였다.

이렇게 되니 어리둥절한 것은 오히려 장자이 쪽이었다. 제운학의 잘난 체하는 모습이 꼴 보기 싫은지라 은근히 시비를 붙여 살극달로 하여금 혼쭐을 내주게 하고 싶었는데, 저렇게 나오면 소용이 없었다.

명문대파의 후기지수들에게 공통된 특징이 하나 있다면 그건 지나친 자존감과 모욕받는 걸 죽기보다 싫어하는 성미다.

다른 사람이었다면 칼을 뽑아도 모자랄 상황에서 제운학은 담백하게 자신의 잘못을 사과하는 것은 물론 그런 행동을 하게 된 속사정까지 솔직하게 털어놓았다.

자존감과는 별도로 한 남자가 한 여자를 마음에 두고 있다는 말은 사람들 앞에서 털어놓기가 쉬운 일이 아니다.

'이 남자, 꽤 괜찮은데?'

장자이는 제운학이 다시 보였다.

더불어 그동안 알게 모르게 가지고 있던 제운학에 대한 경계심이 눈 녹듯 흘러내리는 것 같았다.

그때였다.

갑자기 군중의 함성이 떠나갈 듯 커졌다.

금적문의 소공자 이적풍이 그사이 두 번째 도전자를 쓰러뜨렸다. 이적풍에게 당한 사내는 장대한 체구에 장도를 든 장한이었는데, 무얼 어떻게 당했는지 그의 절반밖에 되지 않는 이적풍의 발치에 엎드려 신물을 꺽꺽 게워내고 있었다.

아마도 복부를 정통으로 가격당한 모양이었다.

하지만 장한은 지독한 독종이었다.

그 와중에도 장한은 가까스로 몸을 일으켜 다시 장도를 고쳐 잡았다.

"죽여라!"

"죽여라!"

군중 속에서 장한을 죽이라는 함성이 끊이지 않고 터져 나왔다.

살극달은 눈살을 찌푸렸다.

여기가 사형 집행장도 아닌데 어떻게 만인이 보는 앞에서 사람을 죽이라고 할 수 있는가. 이성을 잃은 군중심리와 또 그런 장이 만들어진 작금의 상황이 영 마음에 들지 않았다.

하지만 살극달은 곧 그 사정을 알게 되었다.

"저자는 옥산호(玉山虎)?"

장자이의 말이었다.

궁금한 표정을 짓는 살극달에게 맞은편에 앉은 석부용이 설명을 해주었다.

"근동에서 제법 이름을 떨친 흑도 패거리의 수장이죠. 돈만 주면 무슨 일이든 마다치 않는 부류인데, 그 패악이 워낙 심해 양주의 상인들로부터 인심을 잃은 지 오래입니다."

"그런 인물이 어찌 백주에 용봉지연에 참가할 수 있는 겁니까?"

살극달이 물었다.

용봉지연이 흑백을 따지지 않는다는 말은 들었지만 이건 정도가 좀 심하다 싶었다.

"출신과 내력을 따지지 않는 용봉지연은 저런 작자들이 그 자신이나 소속된 문파의 명성을 날리기에 좋은 기회죠."

죽이라는 군중의 함성은 점점 커졌다.

이적풍은 이런 상황을 즐기기라도 하듯 가쁜 숨을 몰아쉬는 옥산호 주변을 빙빙 돌았다. 군중이 아무리 죽이라고 한들 무기력한 상태의 적을 죽이는 것은 무사의 수치다.

"아무래도 옥산호는 오늘 생애 마지막 싸움을 하겠는 걸요."

석부용이 옥산호의 운명을 점쳤다.

그 순간, 옥산호가 칼끝을 치켜들었다.

그때를 기다린 듯 이적풍의 신형이 비호처럼 옥산호의 곁을 스쳐 갔다.

떠나갈 듯 함성을 지르던 군중의 열기가 일순간 찬물을 끼얹은 듯 식었다. 뒤를 이어 옥산호의 허리춤에서 핏물이 주르륵 흘러내리더니 천천히 쓰러져 갔다.

쿵!

"와아!"

군중의 함성이 다시 터졌다.

옥산호의 죽음과는 별개로 깔끔하고도 민활한 이적풍의 한 수에 우렁찬 박수갈채가 계속해서 이어졌다. 몇 사람이 비무대 위로 뛰어올라 와 죽었는지 살았는지 모를 옥산호를 바깥으로 끌고 나갔다.

비무를 진행하는 무사의 붉은 깃발이 이적풍을 향해 눕고, 그의 입에서 승리를 선언하는 외침이 울렸다.

"이적풍, 이 승!"

이적풍은 여유만만한 자세로 비무대의 가장자리로 갔다. 그의 수하로 보이는 자가 희고 깨끗한 천을 건네주자 이적풍은 그걸 받아 얼굴에 묻은 피를 닦고는 다시 비무대 중앙으로 걸어나왔다.

그때쯤엔 함성이 조금씩 잦아들고 있었다.

이적풍이 말했다.

"어느 분께서 마지막 가르침을 주시겠소?"

군중이 시선을 사방으로 돌렸다.

어디 쓸 만한 인물 하나 비무대로 뛰어오르지 않나 하고 두리번거리는 것이다.

"이적풍의 소요무상검(騷擾無常劍)이 몰라보게 발전했는걸. 두 명을 쓰러뜨리는 데 일다경도 걸리지 않았어. 마지막 옥산호는 솔직히 무리일 거로 생각했는데 말이야."

석일강이 말했다.

"무슨 말씀을 하고 싶으신 거예요?"

석부용이 샐쭉한 표정으로 물었다.

"어지간하면 정성을 봐서라도 한번 진지하게 고려해 봐. 지금도 자꾸만 우리 쪽을 쳐다보잖니. 저 친구가 저러는 건 순전히 네게 잘 보이고 싶어서라고."

"유치하기 짝이 없는 사람이에요."

"사랑에 빠지면 남자는 누구나 유치해져."

"그만하세요."

"금적문이면 그리 나쁜 혼처도 아냐. 저만하면 인물도 빼어나고 무공도 뛰어난데다 무엇보다 너를 끔찍이 생각하잖니."

살극달 일행은 오누이의 대화로 미루어 이적풍이 금적문

이라는 문파의 소공자이며 석부용을 깊이 흠모하고 있다는 걸 알게 되었다.

한데 이런 대화에 얼굴이 굳어지는 사내가 한 명이 있었다. 구담이었다. 석일강이 이적풍을 언급하는 순간부터 구담은 술잔을 비우는 속도가 빨라졌다. 아무도 눈치채지 못했지만 살극달만은 그의 이런 행동을 놓치지 않았다.

일이 재밌어지고 있었다.

그때 한 사람이 오누이의 대화에 갑작스럽게 끼어들었다.

"하지만 색마죠."

이번에도 장자이였다.

다른 사람들과 달리 장자이는 이적풍과 석부용 사이에 오가는 소문에 대해 어느 정도 알고 있는 모양이었다. 하긴 천하의 모든 소문을 감청하는 도문 문주의 딸이니 오죽할까.

장자이의 말처럼은 아니지만 이적풍이 항주와 소주의 이름난 기녀들과 숱한 염문을 뿌리고 다니는 것은 사실이었다.

석일강은 장자이를 향해 가볍게 웃더니 다시 석부용에게 말했다.

"사실 저맘때의 사내는 다 색마란다."

말은 그렇게 했지만 석일강도 적극적으로 동생을 설득하려는 눈치는 아니었다. 그러기에 강동석가는 너무나 대단한 집안이고, 석부용은 눈이 달린 사내라면 마음이 흔들리지 않을 수 없는 절세의 미인이었다.

오죽하면 그녀를 두고 강동제일의 미녀라고 하겠는가. 그런 석부용의 오라비인 석일강에게 이적풍은 언제나 꼬이는 파리나 다름없었다.

그럼에도 이런 농담을 하는 것은 그 많은 혼처를 마다하는 누이동생을 살극달의 일행 앞에서 은근히 자랑하려는 것이었다.

하지만 석부용은 그런 농담이 전혀 재밌는 것 같지 않았다.

"저 인간 좀 치워주실래요?"

석부용이 갑자기 살극달을 향해 말했다.

비무대 위에서 세 번째 도전자를 기다리는 이적풍을 쓰러뜨려 달라는 말이다. 그러면서 석부용은 눈을 동그랗게 뜨고 살극달을 빤히 바라보았다.

석부용의 갑작스러운 부탁에 조빙빙과 장자이는 뜨악한 얼굴로 석부용을 바라보았다. 여전히 살극달을 향해 있는 그녀의 맑고 검은 눈동자는 같은 여자인 두 사람이 보기에도 빨려들 것처럼 아름다웠다.

"직접 손을 쓰지 그러시오."

살극달이 말했다.

조빙빙과 장자이에 덧붙여 이젠 다른 사람들의 시선까지 일제히 살극달을 향했다.

"전 용봉지연에 참가하지 않을 거거든요."

"나도 그렇소."

"공자께서 자하부의 명을 받드는 사람이 아니라는 건 어제도 들어서 알고 있어요. 하지만 개인 자격으로 참가하는 것도 의미있는 일이 아닐까요? 용봉지연은 후기지수들이 무명(武名)을 드날릴 수 있는 절호의 기회랍니다."

처음 석부용을 만날 때 살극달은 역용을 하고 있었다. 바보가 아니라면 신분을 드러내고 싶어하지 않다는 걸 알 텐데 석부용은 왜 이런 말을 하는 걸까?

"난 무명을 얻는 일엔 관심이 없소."

"주머니 속의 송곳은 감출 수가 없는 법. 어떤 사람들은 그 자신의 의도와 상관없이 유명세를 치르기도 하죠."

"내가 그렇단 얘기요?"

"지금도 사람들 사이에선 살극달이라는 인물에 대한 이야기가 끊임없이 확대 재생산되고 있죠. 그중엔 차마 듣기 민망한 것들도 있더군요."

"……?"

"지금은 부주가 된 설란 언니는 죽은 혈기대주의 정인이었죠. 혈기대주는 공자님의 의제였고, 공자님은 목숨이 경각에 달린 의제의 정인을 구해주었죠. 그리고 설란 언니는 예쁘죠."

"하고 싶은 말이 뭐죠!"

조빙빙이 날카로운 목소리로 물었다.

살극달은 한 손을 들어 조빙빙을 제지한 후 석부용을 향해 냉엄한 음성으로 말했다.

"소저께서도 그리 생각하시오?"

"물론 아니에요."

"그러면 됐소."

"제 생각이… 중요한가요?"

"몰상식한 사람들이 어떻게 말을 하는지는 관심없소. 그런 자들은 어떤 말을 해도 듣고 싶은 것만 들을 테니까. 내가 보기에 소저는 사리를 아는 사람이오. 사리를 아는 사람이 믿지 않는다면 그걸로 됐소. 그렇지 않다고 해도 상관은 없지만."

이 문제에 관해 더 따지고 든다면 석부용은 사리를 모르는 사람이 될 판이었다. 석부용은 가볍게 미소를 짓고는 말했다.

"못 당하겠군요. 제가 졌어요. 솔직히 말하면 공자님의 무공을 보고 싶었어요. 기왕 이렇게 된 거, 저를 위해 조금만 수고를 해주시면 안 되나요?"

사람들의 표정이 동시에 굳었다.

'저를 위해'라는 한마디 속에 들어 있는 의미가 간단치 않기 때문이었다. 살극달이 대체 무엇 때문에 그녀를 위해 싸워 줄 것인가.

석부용의 말은 '나 당신에게 관심있다' 라는 말과 다름없었다. 그녀는 지금 살극달에게 자신과 가까워질 기회를 주고 있는 것이다.

조빙빙, 장자이, 석일강, 제운학은 각자가 처한 입장에 따른 호기심으로 살극달의 입을 바라보았다.

특히 동생 석부용이 저 좋다고 따라다니던 수많은 후기지수들에게 눈길 한 번 준 적 없다는 사실을 너무나 잘 아는 석일강은 두 눈이 동그래졌다.

하지만 누구보다 당황한 사람은 구담이었다.

술잔을 쥔 구담의 손이 부르르 떨리는 걸 살극달은 놓치지 않았다.

하지만 사람들의 기대와 달리 살극달의 입에서 나온 말은 짧고 간단했다.

"싫소."

장자이는 남몰래 안도의 한숨을 쉬었다.

석일강과 제운학은 당황한 표정을 지었다. 구담은 그야말로 복잡하기 짝이 없는 얼굴이었다.

이 역시 각자의 입장에 따른 반응이었다.

가장 곤란한 사람은 석부용이었다.

사람들 앞에서 망신을 당한 그녀는 금방 창백한 얼굴이 되었다. 하지만 쉽게 포기하지 않았다.

"불친절한 사내시군요."

"그렇게 보였다면 미안하오."

"거래라고 생각하면 어때요?"

"……?"

"무림에는 공짜가 없죠. 혹시 알아요, 오늘 저를 도와주시면 내일은 제가 당신을 도울 일이 있을지."

"귀하가 나를 도울 일이 있을까 싶소만."

"강동석가의 영애가 할 수 있는 일은 생각보다 많답니다. 반대로 강동석가의 도움 없이는 할 수 없는 일도 많죠."

석부용은 거래라고 말을 했지만, 눈치가 빠른 사람이라면 실은 그녀가 살극달을 협박하고 있다는 걸 알 수 있을 것이다.

도움을 줄 수도 있지만, 반대로 그 일을 방해할 수도 있는 힘이 강동석가에는 있다는 뜻이기 때문이다.

그러나 살극달은 눈 하나 꿈쩍하지 않았다.

아예 석부용의 말 자체를 묵살하는 듯한 분위기였다.

그때 누군가 말했다.

"더는 못 봐주겠군. 내가 하지."

구담이었다.

그는 탁자 옆에 세워둔 검갑을 집어 들고 나섰다. 비무대 위에서는 아직도 도전자를 찾지 못한 이적풍이 사람들을 향해 오늘은 용기있는 자가 귀하다며 도발을 했다.

"여기 있소!"

구담이 크게 외쳤다.

목소리의 주인공을 찾지 못한 사람들이 웅성거리며 주위를 돌아보는 사이 구담이 비무대 위로 훌쩍 뛰어올랐다.

표표한 신법에 군웅들이 잠시 숨을 죽였다.

그때 군중 속 누군가가 외쳤다.

"녹류산장의 구담이다!"

좌중의 군중이 크게 술렁이기 시작했다.

어떤 사람들은 환호성까지 질렀다.

녹류산장의 구담이라면 제검성의 제운학과 함께 당해 용봉지연의 강력한 우승 후보 중 한 사람. 이제야말로 이적풍이 임자를 제대로 만났다는 생각이 든 것이다.

마지막 한 명을 남겨두고 나타난 사람이 뜻밖의 강자인 탓인지 이적풍은 당혹감을 감추지 못하는 기색이었다.

그는 저만치 객석에 앉아 있는 석부용과 비무대 중앙을 걸어오는 구담을 번갈아 보며 얼굴을 굳혔다. 잠시 후, 이적풍과 구담이 마주 보고 섰다.

"구담이오. 도전을 받아주겠소?"

구담이 형식적이나마 포권을 하며 말했다.

가볍고 짧은 동작이었지만 상대를 압도하는 위엄이 흘러

나왔다. 원인 모를 긴장감에 군중이 숨을 죽였다.

"왜 하필 지금……?"

"도전자를 찾지 않았던가?"

이적풍은 다시 한 번 객석에 있는 석부용과 구담을 번갈아 보았다. 조금 전까지만 해도 구담은 석부용 등과 함께 술을 마시고 있었다.

그런 그가 마지막 한 명을 남겨둔 상태에서 갑자기 튀어나왔다. 말하지 않아도 대충 짐작이 가는 상황이었다. 구담은 석부용을 위해 자신을 쓰러뜨리려는 것이다.

'잘된 일인지도 몰라. 구담을 쓰러뜨리기만 한다면 석부용도 나를 다시 보겠지.'

불쾌감이 치민 이적풍은 검을 바깥으로부터 한차례 원을 그려 자세를 잡는 소유무상검 특유의 기수식을 취했다.

하지만 전방을 향해 있는 그의 검끝은 가늘게 떨리고 있었다.

구담 역시 천천히 검을 뽑았다.

이어 왼쪽으로 살짝 비틀어 서면서 검을 자연스럽게 아래로 내렸다. 그 상태에서 구담은 듯 움직이질 않았다. 시선은 이적풍의 눈을 찌를 듯 노려보고 있었다.

그 눈을 바라보는 이적풍은 뱀을 만난 개구리처럼 굳었다. 싸우기도 전에 상대에게 압도당한 것이다. 시간이 흘러 이적풍의 이마에선 땀방울까지 흘러내렸다.

'볼 것도 없군.'

살극달은 조용히 고소를 지었다.

어느 순간, 구담의 신형이 바람처럼 쇄도했다. 놀란 이적풍이 황급히 검초를 뿌렸다. 번쩍이는 섬광, 스쳐 가는 두 개의 그림자, 날카로운 파공성이 연이어 펼쳐지고 울렸다.

순식간에 위치를 바꾼 두 사람은 그대로 굳어버렸다. 좌중의 침묵이 깊게 흐르는 가운데 뒤로 단정하게 묶어 올렸던 이적풍의 머리채가 털썩 풀어졌다.

이어 탐스러운 그의 머리카락이 우수수 흘러내렸다. 매듭이 풀리자 두피에 붙어 있던 머리카락도 활짝 벌어지면서 산발이 따로 없었다.

싸움은 그걸로 끝이었다.

구담의 검이 조금만 낮게 휘둘러졌더라면 잘려 나간 것은 이적풍의 머리카락이 아니라 목이었을 것이다.

전광석화와 같은 구담의 검술에 군웅은 환호도 잊은 채 넋이 나간 듯했다. 구담이 이미 후기지수의 수준을 넘어선 대단한 고수라는 말은 들었지만 이 정도일 줄은 몰랐던 것이다.

한참의 시간이 흐른 후에 뒤늦은 함성이 터졌다.

"와아!"

싸움은 단 일 합에 너무나 싱겁게 끝났다.

이적풍의 패배로 말미암은 통쾌함과 구담의 놀라운 검술을 구경한 데서 온 흥분으로 군웅의 함성은 한동안 가실 줄을 몰랐다. 함성은 붉은 깃발이 구담을 향해 눕고, 진행자가 '구담, 일 승!'을 외칠 때까지 이어졌다.

구담은 매끄러운 동작으로 검을 갈무리한 후 망연자실한 얼굴로 서 있는 이적풍에게 다가가 포권을 했다. 그가 무언가 말을 했지만 군중의 함성에 묻혀 들리지 않았다.

다만 구담의 표정이 사나웠고, 이적풍이 망연자실한 얼굴로 고개를 끄덕이는 것으로 보아 무언가 압박이 있지 않았을까 하는 추측만 할 뿐이다.

이윽고 이적풍이 뒤돌아 내려가자 비무대 위에는 구담이 홀로 남게 되었다. 그는 성원에 대한 답례로 군중을 향해서도 한차례 포권지례를 해 보였다.

동작은 절도가 있었으며 기품이 넘쳐 전혀 비굴한 구석을 찾아볼 수가 없었다. 오히려 그 스스로 군중을 지배하는 것처럼도 보였다.

"구 선배의 검술이 저 정도로 고명했나?"

석일강이 말했다.

여태 구담과 함께 지낸 그로서도 구담이 저 정도의 쾌검을 구사하는 줄은 몰랐던 모양이다.

"녹류산장의 장자니까요."

제운학이 조용히 말을 받았다.

"후후, 이거 갑자기 재밌어지는걸요."

놀란 것은 두 사람만이 아니었다.

구담으로부터 잔뜩 견제를 받고 있는 조빙빙과 장자이, 매상옥 등도 뜻밖의 상황에 당황했다. 그때 구담의 시선이 관중을 벗어나 잠시 석부용에게 머물렀다. 석부용이 가벼운 미소와 함께 고개를 끄덕여 감사의 인사를 보냈다.

구담의 입꼬리가 살짝 늘어났다.

그는 다시 비무대의 정중앙에 서서 도전자를 기다렸다. 하지만 아무리 기다려도 도전자는 나타나지 않았다.

제운학과 함께 용봉지연의 가장 유력한 우승 후보 중 하나인 구담을 상대로 도전을 할 사람은 그리 많지 않았다.

십패의 후기지수들을 비롯해 군이 찾아보자면 상대가 왜 없겠느냐마는 그들 역시 둘째가라면 서러워할 강자들인지라 섣불리 나서서 경쟁자들에게 전력을 노출할 생각이 없는 것이다.

상황이 이렇게 되자 군중도 지루해하기 시작했다. 이적풍에 이어 구담의 연이은 등장으로 첫날부터 결승전 못지않은 싸움을 구경하나 했는데, 구담의 등장이 오히려 고조되는 분위기에 찬물을 끼얹은 결과가 되어버렸다.

당황스럽기는 구담 역시 마찬가지였다.

첫째 날부터 여섯째 날까지 이어지는 비무에는 한 가지 규칙이 있었다. 한 번 비무대에 오른 사람은 패배를 하지 않는 한 내리 삼전(三戰)을 치러야 한다는 게 그것이다.

이는 용봉지연이 복수전의 양상으로 치닫는 걸 막고 분위기를 돋우려는 조치였는데, 그 때문에 구담은 내려가지도 못하고 가만히 서 있을 수도 없는 처지가 되어버렸다.

이제 겨우 일 승을 했는데, 이런 식이라면 나머지 두 명의 도전자가 나타날 때까지 어떻게 기다릴 것인가. 시간이 흐르자 군중은 지루하다 못해 분통이 터지는 것 같았다.

급기야 여기저기서 볼멘소리가 터져 나왔다.

"뭐야? 이러다가 해 저물겠네!"

"다들 겁쟁이들만 모인 거냐?"

"이럴 거면 구담이 최종 우승자라고 해버려라!"

군중이 후기지수들의 비겁함에 조롱과 야유를 보냈다. 그 때 구담이 비무대 가장자리로 나섰다. 군중의 술렁임이 잦아들길 기다려 구담은 낮지만 또렷한 음성으로 말했다.

"아무래도 무림의 여러 동도께서 녹류산장의 체면을 지나치게 봐주시는 듯합니다. 덕분에 이 몸은 뙤약볕에서 벌을 서고 있군요."

별말이 아닌데도 군중 속에서 왁자지껄한 웃음이 터졌다. 엄격히 말해 이런 상황을 연출한 것이 구담의 잘못은 아닌 것이다.

구담이 다시 말을 이었다.

"해서 제가 한 가지 제안을 할까 합니다."

좌중이 고요해졌다.

"근자에 제가 재밌는 검보 하나를 얻었지요. 이름하여 벼락검법이라는 것인데 검과 검이 격돌하면 머리 위에서 천둥소리가 나며 상대의 기를 제압하는 무시무시한 검공이지요. 하지만 제가 막상 수련을 해보니 천둥소리는 나지 않고 질그릇 깨지는 소리만 나지 뭡니까?"

또다시 왁자지껄한 웃음이 터졌다.

관중을 쥐락펴락하는 구담의 언변과 대범함에 귀빈석에 앉아 있던 석일강, 제운학, 석부용 등은 어리둥절한 얼굴이 되었다.

"구 선배에게 저런 면이 있었군요."

석일강이 말했다.

"이래서 사람은 알 수 없다니까."

석부용이 말했다.

구담의 말이 다시 이어졌다.

"아무래도 제게 문제가 있는 듯한데, 이 구 모는 우둔하여 그 원인을 모르겠습니다. 하여 이제부터 제가 익힌 벼락검법을 동도 여러분께 보여 드려 혜안을 빌리고자 합니다. 옛말에 이르기를 병은 알릴수록 좋다고 하지 않았습니까?"

녹류산장에 어찌 인물이 없을 것인가.

구담의 말은 그저 여흥을 돋우기 위한 말에 지나지 않았다. 군중 역시 그 사실을 너무나 잘 알기 때문에 구담이 오만하다거니 자신들을 업신여긴다거나 하는 생각은 전혀 하지 않았다.

오히려 구담의 재치있는 말솜씨에 호감을 느낀 듯 여기저기서 웃음소리가 끊이지 않고 들렸다.

"해서 이번 비무는 여흥이라 생각하시고 네 분이 동시에 나서서 저를 좀 도와주시면 고맙겠습니다."

"네 명의 도전자를 동시에 상대하겠는 거요?"

군중 속에서 누군가 외쳐 물었다.

"어디까지나 여흥의 일환이긴 합니다만, 굳이 말을 하자면 그렇기도 합니다."

"그건 일대일 비무를 원칙으로 하는 용봉지연의 의의에 어긋나지 않소. 구 공자에게 크게 불리하고 말이오."

"저는 괜찮습니다만, 여러분께서는 어떻게 생각하실지⋯⋯."

"생각을 하나마나 재밌지."

"맞소. 안 그래도 자칫 시시한 싸움이 될까 걱정했는데 재밌는 구경을 하게 되겠군."

여기저기서 호응을 하는 목소리가 터져 나오더니 곧 군중 전체로 퍼졌다. 하지만 군중이 원한다고 해도 아직 용봉지연을 개최하는 쪽의 허락이 남아 있었다.

구담이 비무대 한쪽의 진행자를 바라보았다. 진행자는 다시 뒤편의 귀빈석을 바라보았다. 귀빈석에 앉아 있는 무림의 명숙들로부터 허락의 눈빛을 읽은 진행자가 다시 구담을 향해 고개를 끄덕였다.

군중의 환호성이 터졌다.

삽시간에 분위기가 반전되었다.

네 명이 합공을 해도 된다는 것에 자극을 받았음인지 몇 사람이 비무대 위로 훌쩍 뛰어올랐다. 순간 장자이의 표정이 딱딱하게 굳어졌다.

"저 사람들은……."

장자이뿐만이 아니었다.

매상옥, 조빙빙은 물론 석씨 남매 역시 사뭇 당황한 표정을 지었다. 이유는 군중 속에서 터져 나온 외침으로 금방 알 수 있었다.

"음산사괴(陰山四怪)다!"

젊은 나이에 벌써부터 항주와 소주 일대에서 악명을 떨치고 있는 흑도의 고수들이었다. 구담이 만용을 부리다가 임자를 제대로 만났다.

정말 볼만한 싸움을 구경하나 싶었는데, 살극달이 자리에서 일어나 버렸다.

"그만 일어나야겠소."

"벌써 가게요?"

장자이가 아쉬운 표정으로 물었지만 살극달은 단호했다. 그는 아이들의 영웅 놀이 따위를 구경해 주고 있을 생각이 전혀 없었다.

조빙빙도 조용히 자리에서 일어났다.

이렇게 되자 장자이, 매상옥, 검노도 따라서 일어설 수밖에 없었다.

"매번 이렇게 헤어지는구나."

제운학이 조빙빙을 향해 섭섭한 기색을 숨기지 않았다.

"죄송해요."

"사정이 있다면 어쩔 수 없는 거지. 하지만 난 네가 어쩐지 점점 멀게만 느껴지는구나."

"죄송해요."

"이럴 땐 죄송하다고 할 게 아니라 그게 아니라고 부인해야 하는 거 아닌가?"

"······?"

"하하, 농담이다. 섭섭한 마음에 내가 괜한 심술을 부려본 거야. 어쨌거나 빙빙, 항상 너를 먼저 생각해야 한다. 다른 누구도 아닌 너의 안전과 너의 행복을 말이다."

영문을 알 수 없는 한마디를 던져 놓고 제운학은 다시 살극달을 돌아보았다.

"빙빙을 잘 부탁합니다."

살극달은 대답 대신 가볍게 고개를 끄덕인 후 조용히 자리를 떠났다. 그때쯤엔 음산사괴와 구담의 싸움이 한창이었지만 군중을 제외하곤 누구도 신경 쓰는 사람이 없었다.

"저도 그만 갈래요."

살극달 일행이 떠난 후 석부용이 말했다.

"벌써? 구 선배가 한창 비무 중인데?"

석일강이 물었다.

"시시해졌어요."

말과 함께 석부용은 종종걸음으로 사라져 버렸다.

"나도 그만 가야겠다."

제운학도 자리에서 일어났다.

갑자기 사람들이 썰물처럼 빠져 버리자 석일강도 남아 있을 이유가 없었다. 그는 손으로 옷자락을 탈탈 털며 일어난 후 조용히 걸음을 옮겼다. 비무대에서는 구담이 음산사괴를 상대로 열심히 싸우고 있었다.

제운학 등과 헤어진 살극달은 좁게는 비무가 벌어지는 석가장과 넓게는 장원 바깥의 호반까지 계속해서 돌아다녔다.

혹시나 있을지 모를 수라마군을 찾기 위해서였다.

사실 수라마군을 그렇게 쉽게 찾을 수 있을 거라곤 생각하지 않았다.

살극달이 원하는 건 단서였다.

수라마군이 왔다면 그의 수하들이 왔을 것이다. 천년부호에서 살극달이 보았던 그의 수하들은 하나같이 특이한 용모의 소유자들이었다. 그중 한 명이라도 찾는다면 수라마군을 찾는 것도 어렵지 않을 것이다.

하지만 날이 저물어가도록 아무도 발견하지 못했다.

"이건 너무 원시적이야."

검노가 말했다.

"알고 있소."

살극달이 말했다.

"알면서도 그래?"

"달리 방법이 없잖소."

"그러지 말고 흩어져서 찾는 건 어때?"

"불가하오."

"어째서?"

"위험하오."

"뭐가? 아니, 무엇으로부터?"

"우리가 왜 왔는지 잊었소?"

"복면을 하고 있는데 뭐가 위험하단 말이냐?"

"적은 수라마군만이 아닐 수도 있소."

"그건 또 무슨 말이야?"

"아까부터 곳곳에 우리를 감시하는 눈길이 있소."

"뭐?"

검노가 눈알을 부라리며 곁을 돌아보았다.

조빙빙, 장자이, 매상옥도 덩달아 주변을 돌아보았다. 워낙에 많은 사람이 돌아다니는지라 감시의 눈길을 찾는 건 쉽지 않았다.

"녹류산장의 졸개들이냐?"

검노가 다시 물었다.

"그럴 수도 있고 아닐 수도 있고."

"기면 기고 아니면 아니지 그건 또 무슨 말이야?"

"어쨌든 흩어지는 건 불가하오."

"그럼 술이라도 한잔 걸치든가. 온종일 걸었더니 목이 칼칼해 죽겠다."

온종일 걷는 것과 목이 칼칼한 것 사이에 무슨 상관관계가 있는지 모르지만, 살극달은 그것까지 막을 생각은 없었다.

용봉지연은 다음날, 또 그 다음날도 이어졌다.

각양각색의 후기지수들이 저마다의 무공을 겨루는 사이 누군가는 무명을 얻고, 누군가는 조용히 사라져 갔다. 살극달은 계속해서 석가장과 수서호 주변을 돌아다녔다. 하지만 엿새가 지나도록 수라마군은 그림자조차 보이질 않았다.

第六章

누군가 지켜보고 있다

안개가 자욱한 밤, 그는 수서호가 내려다보이는 소금산 정상에 서 있었다. 저 멀리 호수에 뜬 달그림자와 그 너머 수백 개의 횃불을 밝힌 대장원이 어슴푸레하게 보였다.

"내일이 마지막 날입니다."

일비영 홍적산이 그의 뒤쪽에 서며 말했다.

분명 홍적산의 말을 들었을 터인데도 수라마군은 미동이 없었다. 마치 뿌리를 내린 고목처럼 수서호의 풍광만을 바라보고 있었다.

홍적산은 수라마군의 생각을 알 수가 없었다.

사실 그들이 이곳 양주 땅에 도착한 것은 엿새 전, 용봉지연을 하루 앞둔 날이었다. 그때도 몰려든 무림인의 수는 많았다. 하지만 며칠을 그냥 보내는 사이 석가장을 찾아온 무림인의 수는 두 배가 넘었다.

홍적산이 보기에 첫날밤, 장차 칠 주야 동안 열리게 될 용봉지연으로 한껏 들떠 있을 때가 기습의 최적기였다.

하지만 수라마군은 엿새를 그냥 보냈다.

때문에 일찌감치 양주에 도착해 변복을 한 채 호반을 배회하던 오백의 병력은 하릴없이 시간만 축내고 있었다.

게다가 중원 각지에서 몰려든 무림인들을 야박하게 대할 수 없었던 석가장은 신분이 확실하지 않은 사람은 장원으로 들어올 수 없다는 애초의 입장을 번복, 무림인 누구에게나 문을 열어주었다.

미지의 세력이 턱밑까지 와 있다는 걸 알면 절대 취할 수 없는 행동이다.

덕분에 선봉대의 역할을 맡은 일백의 고수는 표사와 상인, 학사, 걸인 등으로 위장해 이미 석가장으로 침투했고, 용봉지연이 열리는 비무대를 중심으로 한 대략의 지형까지 몇 번이나 숙지를 한 상태였다.

그런데 무얼 망설인단 말인가.

하지만 홍적산이 아는바 그의 주군 수라마군의 행동엔 이

유없는 것이 없었다. 분명 깊은 의중이 있는 것 같은데, 홍적
산은 도통 알 수가 없었다.

"아름답지 않은가?"

수라마군이 말했다.

"장제춘류(長堤春柳)라 하여 사람들은 수서호는 제방을 따
라 자라는 수양버들이 아름답다 하더니 아마도 이곳에서 호
수에 뜬 달을 보지 못한 게야."

홍적산은 아무 말도 하지 않았다.

무슨 의미를 지닌 말인지 알 수가 없는데 어떻게 응대를 할
것인가.

수라마군의 말이 이어졌다.

"아직 그는 오지 않았나?"

살극달을 말하는 것이다.

수라마군은 엿새 전부터 살극달이 양주에 나타날 것이라
며 그를 기다리고 있었다.

"말씀대로 과연 그가 나타났습니다."

수라마군이 천천히 돌아섰다.

달리 반응을 보이지는 않지만 홍적산은 수라마군이 홍
분하고 있다는 걸 직감적으로 알 수 있었다.

"그는 우리가 양주에 도착하던 것과 비슷한 시기에 석가장
에 나타났다고 합니다. 다만 그와 그의 일행 모두가 역용을

한 탓에 아이들이 알아보지 못했습니다."

"역용?"

"그렇습니다."

수라마군은 잠시 얼굴을 굳히더니 곧 입꼬리를 말아 올렸다. 그건 분명 미소였다. 그가 웃는 모습을 한 번도 본 적이 없기에 홍적산과 팔 인의 비영은 당황할 수밖에 없었다.

"그 친구답군."

"무슨… 뜻이온지요?"

홍적산이 조심스럽게 물었다.

하지만 돌아온 것은 대답이 아니라 질문이었다.

"그는 지금 무엇을 하고 있지?"

"수서호 주변을 돌아다니고 있습니다. 속하는 어쩐지 그가 이곳에 온 것이 우연이 아니라는 생각이 듭니다."

"그는 나를 만나러 왔다."

"……!"

홍적산의 놀라움은 컸다.

수라마군의 말대로라면 살극달은 자신들이 이곳으로 올 걸 사전에 알았다는 뜻이고, 그게 가능해지려면 눈앞에 있는 그의 주군이 그 옛날 백백교의 교주였던 수라마군이라는 것과 마도십병을 회수하는 중이라는 사실, 그리고 마도십병이 십패의 수중에 있다는 등, 일련의 사정을 한 줄에 꿸 수 있어야 한다.

자하부에서 사왕검을 탈취하려 했다는 것 외에는 아무것도 단서를 남기지 않았는데 어떻게 그것이 가능하단 말인가.

설혹 그것이 전혀 불가능한 일은 아닐지라도 이처럼 빠른 시간 안에 모두 파악해 낸다는 것은 어불성설이었다.

추리를 해보자면 자하부에서 양주로 오는 동안 모든 걸 알아냈다는 것인데, 그게 말이 될까?

살극달이 이리로 올 것이라는 걸 환히 꿰뚫고 있는 수라마군의 혜안은 또 어떤가.

홍적산은 새삼 수라마군이 두려웠다.

그러다 문득 한 가지 무서운 생각이 떠올라 저도 모르게 얼굴을 굳혔다. 그건 지금 이 시점에서 절대 놓쳐서는 안 되는 것이었다.

"그가 주공의 정체를 알고 있다면, 십패의 귀에도 흘러들어 갔을지도 모릅니다. 만약 그렇다면……."

홍적산의 얘기를 듣자마자 조금 떨어진 곳에 시립해 있던 팔비영의 얼굴이 딱딱해졌다.

하지만 수라마군은 일말의 동요도 없었다.

마치 그것까지 계산에 들어 있었던 것처럼.

"달라질 건 없다."

"그 말씀은……."

"내일 거사를 치른다."

좀 전의 한담과 조금도 다를 바 없이 평온한 말이었다. 하지만 그 속에 담긴 의미는 절대 평온하지 않았다. 이 밤이 지나고 나면 석가장은 존재하지 않을 것이다. 더불어 십패의 패주들은 목이 떨어질 것이다.

"명을 받들겠습니다."

홍적산은 간단하게 포권을 한 후 마지막 점검을 위해 뒤돌아갔다. 함께 왔던 비영들도 뒤를 따랐다. 한 사람, 엽사담만은 그 자리에 서서 움직이질 않았다.

"할 말이 있느냐?"

수라마군이 물었다.

"오늘 아침 그간의 연공을 모두 끝냈습니다. 내공은 예전 수준으로 완벽하게 회복했고요."

장강에서 배를 타고 이곳으로 오는 동안, 또 이곳에서 엿새를 머무는 동안 수라마군은 이따금 전이대법으로 엽사담의 부상을 치료해 주었다.

자하부의 천년부호에서 살극달에게 당한 부상은 결코 가벼운 것이 아니었고, 그 여파로 엽사담은 줄곧 내상을 치료하기 위한 요상과 내공 회복을 위한 운기조식을 번갈아 해야 했다.

"그 말을 하려고 한 것이냐?"

"내일 있을 거사에서 속하가 선봉에 설 수 있게 해주십시오."

중언부언하지 않았지만 엽사담은 은혜를 갚고 싶다는 말을 에둘러 말하고 있었다.

수라마군은 시원한 대답을 주지 않았다.

대신 화제를 돌렸다.

"혼원벽력검은 얼마나 성취를 이루었느냐?"

"죄송합니다. 아직 오성의 벽을 넘지 못했습니다."

엽사담은 수라마군이 자신의 낮은 성취를 질책하는 것으로 받아들였다. 네 실력이 미천한데 어찌 선봉을 맡길 수가 있겠느냐는.

"자책할 필요 없다. 승부가 꼭 무공으로만 판가름 나는 것은 아니지. 넌 이미 충분히 능력을 보여주었다. 살극달은 너에게 불가항력적인 존재였다."

"면목이 없습니다."

"혈사곡에서 죽은 자의 이름이 뭐라고 했지?"

"혈기대주 하원일이었습니다. 살극달이라는 자가 남만에 은거할 당시 십여 년 정도 한솥밥을 먹은 의제라고 하더군요."

"그는 혈사곡에서 죽은 혈기대주 외에도 두 명의 의제가 더 있다고 했다. 그들에 대해 아는 바가 있느냐?"

"혈기대주가 혈사곡에서 죽고 난 후 한 달쯤 지났을 때 한 사람이 그의 죽음에 관한 비사를 캐고 다닌다는 얘기를 들었습니다. 과연 머지않아 애꾸눈의 사내 하나가 매우 가까운 곳까지 접근을 해왔더군요. 이어 한 달가량의 시차를 두고 이번엔 외팔이도객 하나가 찾아왔습니다. 그들의 이름은 각각 하소추와 하대광으로 죽은 혈기대주와는 피를 나눈 친형제들이고 살극달에게는 의제가 되었습니다."

"한데 나는 왜 그 일을 모르고 있는 건가?"

"중요하지 않은 일이라 여기고 보고를 하지 않았습니다. 그게 그 괴물을 불러내게 될 줄은 상상도 못했기에……."

엽사담이 말한 괴물은 당연하게도 살극달이었다.

그때까지만 해도 엽사담은 일이 이렇게까지 될 줄은 정말 몰랐다. 그들 하씨 삼 형제에게 의형이 있었다는 것도 몰랐거니와, 설혹 그렇다고 한들 남만의 구석에 사는 촌놈에게 그런 어마어마한 무력이 있을 거라고 누가 짐작이나 했겠는가.

엽사담은 새삼 대사(大事)는 하늘이 도와야만 비로소 가능하다는 말이 실감 났다.

"그렇군."

말과 함께 수라마군은 다시 돌아서서 뒷짐을 지고는 만월이 내리비추는 수서호의 밤 풍경을 감상했다.

축객령이었다.

엽사담은 조용히 허리를 숙인 후 돌아가려 했다.

그때, 수라마군의 입에서 나직한 음성이 흘렀다.

"단전을 왜 달리 기해혈(氣海血)이라고 하는지 아느냐?"

엽사담은 황급히 돌아서서 자세를 바로 했다.

"단전은 기(氣)의 바다다. 대양(大洋)을 모두 밟아보았다고 해서 바다를 아는 것이 아니다. 바다를 알려면 넓게가 아니라 깊이 들어가야 한다."

"명심하겠습니다."

＊　　　　＊　　　　＊

살극달은 밤이 늦도록 호반을 거닐었다.

용봉지연의 마지막 날을 하루 앞두고도 수라마군은 나타나지 않았다. 수라마군은커녕, 그날 천년부호에서 보았던 십인의 괴인조차 일절 눈에 띄지 않았다. 혹여 그들이 먼저 알아보는 일이 없도록 역용까지 했지만 소용없었다.

둘 중 하나다.

수라마군이 아직 도착하지 않았든지, 아니면 자신의 정체가 사전에 발각되었든지.

"그가 정말 나타날까요?"

허기를 때우러 들어간 객점에서 조빙빙이 물었다.

"물론이오."

살극달이 말했다.

"한 가지 이해가 가지 않는 게 있어요. 지금 석가장엔 용봉지연을 참관하기 위해 무림의 수많은 고수가 운집해 있어요. 더불어 십패는 과거 구대문파처럼 추앙을 받는 반면 수라마군은 중원무림인들이 치를 떨며 두려워하는 존재죠. 이런 곳에 수라마군이 나타난다면 오히려 섶을 지고 불속에 뛰어드는 결과를 초래하지 않을까요?"

"그건 나도 궁금했어요. 내가 만약 그라면 이렇게 모여 있는 때를 피해 하나씩 접근해 빼냈을 거예요. 그편이 마도십병을 회수하기에는 훨씬 유리할 테니까요."

장자이가 끼어들었다.

"도둑다운 발상이군."

이번엔 매상옥이 끼어들었다.

장자이는 매상옥을 사납게 노려보며 말했다.

"가끔 보면 넌 내 말에 어떻게든 트집을 잡아보려고 기회만 엿보는 것 같아."

"그만큼 네 말에 빈틈이 많은 거겠지."

"상황을 봐. 그가 얼마나 세력을 모았는지 모르지만 상대해야 할 적은 구름처럼 많아. 이런 시기에 잃어버린 물건을 회수하겠답시고 적진으로 들어온다는 건 바보 같은 짓이라고."

"그런데 왜 처음엔 아무 말도 하지 않았지?"

"뭐?"

"그렇잖아. 도문에서 수라마군이 석가장으로 갈 거라고 했을 때 너도, 오공녀도 아무 말이 없었잖아."

중간에 매상옥은 살극달을 턱짓으로 가리키며 말했다. 수라마군이 용봉지연에 나타날 거라고 말했던 사람이 바로 살극달이기 때문이다.

장자이는 아무 말 못했다.

매상옥의 말과 달리 그녀는 처음부터 그것에 대해 의아해했다. 하지만 살극달이 워낙 확고하게 말을 했고, 그동안 그가 보여준 엄청난 능력에 대한 신뢰가 깊었기 때문에 별다른 의문을 품지 않았다.

그러나 엿새가 지나도록 수상한 조짐이 보이질 않으니 과연 살극달의 예측이 맞을까 하는 의문이 들었다.

살극달이 엄청난 지혜를 지닌 사람이라는 사실은 여전히 변함이 없지만, 그 역시 한 명의 인간이고 보면 타인의 머릿속을 완벽하게 들여다본다는 건 불가능한 일이었다.

그때 살극달이 아주 뜻밖의 말을 했다.

"그가 원하는 것이 마도십병의 회수가 아니라면?"

"······?"

"……?"

"……?"

조빙빙, 장자이, 매상옥이 어리둥절한 얼굴로 살극달을 바라보았다. 이 모든 일이 자신과는 하등의 관계가 없는 듯 태평하게 술만 마시던 검노까지 관심을 보였다.

"그게 무슨 봉창 뚫는 소리야?"

검노는 아무래도 질문이 미진하다고 생각했는지 살극달을 향해 돌아앉으며 다시 물었다.

"마도십병을 회수하는 게 아니라면 무엇 때문에 여길 온다는 거야?"

"마도십병을 회수라는 것이 하나의 이유는 될 수 있겠지. 하지만 그게 유일한 목적이 아닐 수도 있소. 장자이의 말처럼 마도십병의 회수가 목적이라면 지금은 그리 좋은 시기가 아니니까."

"빙빙 돌리지 말고 그냥 쏴."

살극달은 조용히 술잔을 집어 들었다.

사람들은 한 가지를 간과하고 있었다.

수라마군은 장구한 세월을 살아온 초월적 존재다. 그런 존재를 평범한 인간의 잣대로 바라본다는 것은 무리다. 수라마군은 보통 사람들이 중요하게 여기지 않는 것에 가치를 두고, 사람들이 중요하다고 생각하는 것에 전혀 관심이 없을 수도 있다.

실례로 사람들은 부귀공명을 얻고 조금이라도 오래 살기 위해 죽을힘을 다하지만, 수라마군과 동일한 존재인 살극달은 오히려 보통 사람들의 평범한 일상이 부러웠다.

그건 살극달이나 수라마군 같은 존재에겐 불가능한 것이었다.

"그래서 놈이 원하는 게 뭔데?"

"아직은 모르겠소. 하지만 왠지 그게 전부가 아닌 것 같다는 느낌을 떨칠 수가 없소."

"오래 살더니 쓸데없이 생각만 많아져 가지고."

검노가 혀를 끌끌 차고는 홱 돌아앉았다.

그러곤 다시 술을 마시기 시작했다. 조빙빙과 장자이도 맥이 풀린 듯 술을 마시기 시작했다.

그때 점소이가 다가와 물었다.

"어느 분이 살극달입니까?"

점소이의 한마디에 객점 안이 쩌정쩡 얼어붙었다. 한 달 전만 해도 자하부의 혈사는 귀주를 중심으로 막 퍼지기 시작한 소문이었다.

하지만 지금은 달랐다.

무림에 한 발을 담그고 있는 사람이라면 누구나 자하부의 혈사에 대해 알았고, 그 혈사를 언급할 때면 반드시 나오는 두 명의 인물, 살극달과 검노에 대해서도 알았다.

검노는 그렇다고 쳐도 살극달이라는 이름은 잊어버리기엔 너무나 특이했다.

그리고 지금, 수서호 주변의 주점과 여곽 등은 검객 반, 도객 반이라고 할 수 있었다. 그런 상황에서 점소이가 살극달이라는 이름을 언급했으니 좌중이 싸늘하게 식는 것은 당연했다.

"내가 살극달이다."

살극달은 순순히 시인했다.

점소이의 행동이 어쩐지 이상했기 때문이다.

점소이가 살극달을 향해 종잇조각 하나를 건네주었다.

"뭐지?"

"저기 앉아 있던 손님께서……."

말과 함께 점소이가 구석의 탁자를 가리켰다.

하지만 그곳엔 아무도 없었다.

"좀 전까지 분명 있었는데……."

"짐작 가는 자라도 있어?"

살극달이 물었다.

장자이는 도둑이고, 매상옥은 살수다.

두 사람이 사는 세상에선 예리한 관찰력이 무공만큼이나 중요했다. 그런 이유로 객점에 들어서는 순간 장내에서 술을 마시는 사람들의 용모와 복색을 자연스럽게 파악했을 것이다.

살극달은 그걸 알기에 물었다.

하지만 어쩐 일인지 장자이도 매상옥도 고개를 가로저었다. 분명 누가 있긴 있었는데, 전혀 생각이 나지 않는다는 투다.

"일단 뭐라고 썼는지 보자고."

검노가 말했다.

살극달이 종이를 펼쳤다.

그 순간, 그는 벼락처럼 객점을 뛰쳐나갔다.

어둠이 내린 호반엔 늘어선 주점을 따라 쉴 새 없이 오가는 취객들로 만원이었다. 지난 엿새 동안 펼쳐진 용봉지연의 감흥과 여운을 술로 즐기는 것이다.

서신을 보낸 사람이 저 군중 속으로 섞여들었다면 찾는 것은 불가능했다.

뒤늦게 객점을 나온 일행이 살극달을 에워쌌다.

"뭐야? 뭐라고 쓰여 있기에?"

검노가 궁금증을 참지 못하고 물었다.

살극달은 대답 대신 종이를 건네주었다.

종이를 받아 펼친 검노가 뜨악한 얼굴로 말했다.

"이게 뭐야?"

수서호 북서쪽 관제묘에서 복면을 쓰고 기다릴 것. 밀마(密碼)는 동생공사(同生共死).

＊　　　　＊　　　　＊

언제 만나자는 얘기도 없고 누구라는 말도 없다. 단지 복면을 쓰고 관제묘에서 기다리라는 것이 전부다.

이상하지 않은가?

상대가 살극달의 정체를 알고 있다면 굳이 복면을 쓰고 나오라는 말을 할 이유도, 밀마를 가르쳐 줄 이유도 없지 않은가.

살극달은 일행의 만류를 뿌리치고 홀로 길을 나섰다. 괴인의 의도와 정체를 파악하기 위해서라도 관제묘로 향할 수밖에 없었다.

관우를 모신 사당인 탓에 관제묘는 대부분 큰길을 접하고 있거나 사람들의 왕래가 잦은 곳에 자리를 잡게 마련이다. 그래야 오가는 사람들이 수시로 들러 발복을 기원하고 제를 올릴 수 있을 테니까.

하지만 어쩐 일인지 살극달이 찾은 관제묘는 소로를 따라 한참이나 들어간 숲 속 외진 곳에 있었다.

소로 역시 겨우 흔적만 남았다 싶더니 관제묘는 오랫동안 사람의 발길이 끊어진 듯했다. 아마도 지금은 쓰지 않는 옛길에 자리한 탓이리라.

금방이라도 떨어져 나갈 듯한 문을 열고 들어서자 거미줄 가득한 공간과 본래의 색이 보이지 않을 정도로 먼지가 두껍게 쌓인 관우상이 모습을 드러냈다.

여기저기 무너진 목재도 보이고, 함부로 굴러다니는 제기들도 보였다. 걸음을 옮길 때마다 바닥에 깔린 낡은 판자가 비명을 질러댔다.

관제묘에는 아무도 없었다.

시각은 얼추 자시에 가까워지는 중이었다.

서신을 받았을 때가 술시 무렵이었으니 약간의 지체 후 곧장 온 셈이다.

만류하던 조빙빙의 말이 떠올랐다.

"불길해요. 가지 않는 게 좋겠어요."

조빙빙은 살극달의 안전을 염려하고 있었다.

상대는 정확히 살극달의 이름을 언급했다.

이는 상대가 살극달의 정체에 대해 어느 정도 알고 있다는 뜻이다. 그렇다면 살극달의 무위에 대해서도 감지하는 바가 있을 터, 그런 사람이 함정을 판 것이라면 살극달이 제아무리 엄청난 무위의 소유자라고 한들 당하지 말라는 보장이 없었다.

풀벌레조차 숨을 죽인 고요가 지속됐다.

시간은 계속해서 흘러 한줄기 광선이 칠흑같이 어두운 관제묘 안을 가로질렀다. 달이 기울면서 부서진 벽의 틈바구니로 달빛이 들어온 것이다.

이제 자정을 넘겼으리라.

함정이라면 지금쯤 무슨 일이 벌어져야 했다.

자신을 만나고자 하는 사람이라고 해도 이제는 나타나야 했다.

살극달은 뭔가 이상하다는 생각이 들었다.

'만약 사람들로부터 나를 떼놓기 위한 것이라면……'

구담은 자하부를 노리고 있다.

검노라는 괴물이 있긴 하지만 그들은 검노가 그 옛날 대륙을 질타했던 혼세마왕이라는 걸 모른다.

몰라서 더 위험하다.

지금 검노의 나이는 구순을 바라본다. 기력은 쇠해졌고, 판단력은 흐렸다. 어찌 보면 삼 푼쯤 미치광이처럼도 보인다.

만약 구담이 녹류산장의 고수들을 대거 이끌고 공격을 한다면 검노 혼자서는 무리였다.

섬뜩한 느낌에 관제묘를 박차고 나가려던 살극달은 황급히 동작을 멈추었다. 관제묘 바깥 멀지 않은 숲에서 인기척이 느껴졌기 때문이다.

살극달은 제단의 뒤쪽 어둠 속에 몸을 숨겼다.

이어 주변의 사물에 자신의 환영을 덧씌우는 고도의 환영술을 펼치는 것과 동시에 숨을 멈추고 기척을 숨겼다.

잠시 후,

삐거덩.

문이 천천히 열리며 한 사람이 들어섰다.

흑의 경장에 시커먼 복면을 뒤집어쓰고 허리에는 검을 찬 괴인이었다.

그림자는 두어 걸음을 걸어오더니 관제묘를 가로지르는 월광을 앞두고 멈추었다. 그 희미한 빛으로 말미암아 복면 쓴 얼굴이 더욱 자세하게 드러났다. 하지만 보이는 거라곤 기광이 번뜩이는 두 눈뿐이었다.

'저자가 서신을 보낸 자일까?'

살극달은 일단 기다렸다.

복면인은 횃불처럼 일렁이는 눈으로 관제묘의 구석구석을 살폈다. 분명 먼저 온 누군가를 찾는 동작이다.

그제야 살극달이 천천히 앞으로 나섰다.

유령처럼 소리없이 등장한 살극달의 모습에 복면인은 짐짓 당황한 듯한 걸음으로 물러섰다. 단지 한 걸음을 물러났을 뿐인데 그의 동작은 어느새 반격이 가능한 상태로 바뀌어 있었다.

허리는 비틀어졌고 한 손은 검파를 잡고 있었던 것이다. 그 상태 그대로 그가 말했다.

"산곡분음양(山谷分陰陽)."

아마도 밀마를 말하는 듯했다.

살극달은 서신에 적힌 대로 대답했다.

"동생공사(同生共死)."

산곡분음양 동생공사.

풀이를 하자면 산과 골짜기는 그늘과 볕을 함께 나누니 살아도 함께 살고 죽어도 함께 죽는다는 뜻이다.

결국 오욕과 영예를 함께한다는 것인데 밀마 하나에도 이런 강단이 서린 걸 보면 대단한 결사 집단인 듯도 싶었다.

밀마를 확인하자 복면인은 이내 자세를 바로 하고 말했다.

"뒤따르는 사람은 없었겠지?"

"물론."

"자만하지 마라. 제아무리 굳건한 성도 작은 구멍으로 무너지는 법이다."

"……?"

"왜 말이 없지?"

"내가 들을 말은 아니지만, 일단은 기억해 두지."

그 순간, 복면인의 눈동자에서 살기가 감돌았다. 그는 그 눈으로 잡아먹을 듯 살극달을 응시하더니 말했다.

"많이 컸군. 혼원벽력검을 익히더니 눈에 뵈는 게 없어졌나?"

복면인의 입에서 혼원벽력검이라는 말이 흘러나오는 순간, 살극달은 정신이 번쩍 들었다.

살극달은 혼원벽력검을 익힌 적이 없다.

아까부터 대화가 뭔가 조금씩 미묘하게 어긋난다 싶었는데, 혼원벽력검이라는 말을 듣는 순간 확실하게 깨달았다.

'서신을 보낸 자가 아니다!'

더불어 눈앞의 복면인 역시 살극달을 다른 누군가로 착각하고 있었다. 정리를 하자면 복면인은 이곳에서 누군가와 조우하기로 되어 있었고, 제삼의 인물이 그것을 눈치채고 살극달을 이곳으로 보냈다.

제삼의 인물의 의도가 무엇인지 현재로선 정확하게 알 수 없으나 그는 복면인과 또 다른 인물의 조우를 살극달에게 보여주고 싶었던 모양이다.

한데 살극달이 중간에서 의도치 않게 끼어들었고, 눈앞의 복면인은 그 사실을 까맣게 모르고 있다.

살극달은 서신을 보낸 자가 복면을 쓰라고 한 이유도 뒤늦게 깨달았다. 지금 관제묘에 나타난 복면인은 자신이 누군지 모르고, 또 몰라야 한다. 그렇다면 살극달이 중간에 끼어들 것까지도 예상했단 말인가?

도대체 누굴까, 이 놀라운 계획을 설계한 자는?

살극달이 말을 않자 수긍의 뜻으로 알아들었는지 복면인이 다소 부드러워진 음성으로 말했다.

"그는 어떻게 하고 있지?"

"별다른 움직임이 없다."

살극달은 두루뭉술하게 대답했다.

누구를 지칭하는지 모르므로 현재로선 최대한 신분을 속인 채 복면인을 살피는 것이 중요했다.

"무슨 소리야. 긴급하게 밀마를 남긴 건 너잖아."

"그쪽은 어때?"

"다들 네가 연락을 해오기만을 기다리고 있……."

거기까지 말을 하던 복면인의 눈동자에 기광이 맺혔다. 순간, 그는 황급히 한 걸음을 물러났다. 가히 번갯불과도 같은 움직임을 보인다 싶더니 어느새 뽑아 든 검 한 자루가 시퍼런 예기를 뿜어내고 있었다. 얼핏 보기에도 평범한 검이 아닌 듯했다.

"누구냐?"

피할 수 없는 싸움이라면 더는 숨길 필요가 없었다.

"그건 외려 내가 묻고 싶은 말이다."

살극달이 호락호락하게 나오질 않자 복면인의 눈동자가 싸늘하게 식었다. 그는 검극을 쭉 뻗으며 가일층 차가운 음성으로 경고했다.

"밀마를 어떻게 알았느냐? 만족할 만한 대답을 내놓지 못하면 넌 이 자리에서 죽는다."

"자신만만하군."

"내가 누군지 모르는 모양이군. 경고하건대 난 네가 상대할 수 있는 사람이 아니다. 지금이라도 사정을 설명하고 오해를 바로잡을 수 있다면 미약하나마 목숨을 부지할 가능성은 있다. 지금 즉시 복면을 벗어라."

"내가 누군지 모르는 건 너 역시 마찬가지 아닌가?"

"말이 통하지 않는 작자로군!"

말과 함께 복면인의 신형이 유령처럼 미끄러졌다. 한 점의 기척도 없이, 일말의 사전 동작도 없이 지척으로 다가온 그는 검을 쭉 뻗었다. 날카롭게 벼린 검극이 무서운 속도로 목을 찔러왔다.

살극달은 철판교의 수법을 발휘, 벼락처럼 상체를 꺾었다.

찌이익!

허공을 찢어발기는 소리가 코앞에서 요란하게 울렸다. 살극달은 신형을 비틀어 복면인의 검권을 파고들었다.

양손은 어느새 상대의 상박을 두들기고 있었다.

대경실색한 복면인이 황급히 뒷걸음질을 치는 한편 연거푸 매서운 검초를 뿌려댔다. 무서운 속도로 쇄도해 오는 살극달의 두 주먹을 자를 요량이다. 하지만 상황은 전혀 그렇게 흘러가지 않았다.

찰나의 순간 나타났다가 사라져 버리는 검초와 검초 사이의 빈틈을 귀신처럼 파고드는 살극달의 반격은 마치 정교하게 맞물려 들어가는 톱니바퀴와도 같았다.

복면인의 검초가 뿌려대는 섬광이 난무하고, 그와 어울려 허공을 때리는 권장의 폭음이 연달아 울렸다.

파파팟, 뻐벙뻥!

눈 깜짝할 사이에 십여 번의 공방이 벌어졌지만 두 사람 모두 어느 쪽도 승기를 잡지 못했다.

하지만 우열은 극명하게 갈렸다.

복면인은 살극달을 죽이려 드는 반면, 살극달은 복면인을 사로잡으려 했기 때문이다. 고수들의 격돌에서 상대를 사로잡는 것은 죽이는 것보다 몇 배나 어렵다.

그럼에도 불구하고 복면인은 처음의 선공을 빼고는 줄곧 폭풍처럼 몰아치는 살극달의 공격을 피하기에 바빴다.

벌새의 날갯짓처럼 무서운 속도로 검초를 뿌려대기는 했

지만, 그건 어디까지나 살극달의 공격을 막기 위한 방편일 뿐, 싸움의 흐름을 바꾸어놓지는 못했다.

복면인의 눈동자는 점점 참혹하게 일그러졌다. 그는 예상 치 못한 살극달의 무위에 크게 당혹한 듯했다.

당혹스럽기는 살극달 역시 마찬가지였다.

복면인이 비록 자신의 상대가 되질 않는다고 해도, 작심하 고 나선 공격에 이십여 초를 견디는 것은 정말 의외였다.

게다가 공방을 벌이는 틈틈이 급소를 찔러오는 복면인의 검초가 예사롭지 않았다. 찰나의 간극을 두고 심장 어림을 스 쳐 간 것도 여러 번이다.

그러다 정말로 사고가 일어났다.

"갈!"

일성과 함께 복면인의 검봉이 살극달의 왼쪽 가슴을 정확 히 찔러왔다. 자신의 안위를 돌보지 않는, 다음 수를 생각하 지 않은 한 수였다.

살극달이 자신의 윗줄이라는 걸 깨닫자 살기를 포기하고 동귀어진의 수법을 펼친 모양이다.

독심과 대범함을 동시에 지닌 자였다.

하지만 살극달은 녹록지 않았다. 그는 신속하게 두 걸음을 물러나는 간단한 동작으로 복면인의 검권에서 몸을 빼버렸 다.

그 순간, 복면인의 검봉이 벌어진 거리만큼 쭉 늘어났다.

'검기(劍氣)!'

위력은 보잘것없었지만 그건 분명 검기였다.

천하의 검수 중에 검기를 형상화할 수 있는 자가 몇이나 될까? 살극달은 왼발을 기묘하게 옮기며 허리를 급박하게 틀었다.

찌이익!

가까스로 검기를 흘려보내는 데 성공했지만, 그 대가로 옷자락이 반쯤 잘려 나갔다. 아직은 극히 초보적인 수준에 불과했지만 검기를 다루는 고수가 나타난 것이다.

삼 장의 거리를 두고 마주 선 상태에서 잠시 싸움이 멈췄다.

"대체 넌 누구냐?"

복면인이 물었다.

기세등등하던 처음과 달리 잔뜩 긴장한 상태였다. 살극달은 대답 대신 검파를 쥐고 힘껏 뽑았다.

스르릉!

시퍼런 가운데 은백의 요기를 뿜어내는 검신이 모습을 드러냈다. 남만에서부터 가지고 나온 박도를 수라마군과 싸우던 도중 천년부호에서 잃은 후 독고설란이 준 사왕검이었다.

복면인은 검의 정체를 모르는 듯했다.

하지만 한눈에 보기에도 범상치 않은 보검인지라 그의 눈동자는 벌써부터 잔뜩 긴장하고 있었다.

"검을 버리고 복면을 벗어라."

살극달이 똑같은 말로 명령했다.

"나를 건드리면 큰 곤란을 겪게 될 것이다. 나는 네가 상상조차 할 수 없는……."

복면인의 말은 더 이어지지 않았다.

살극달이 벼락처럼 쇄도하며 검을 휘둘렀기 때문이다. 이미 승기를 잃은 복면인은 거의 본능적으로 물러났다. 검초를 뿌려 사왕검을 막는 동작도 본능적인 움직임에 가까웠다.

하지만 그 무의식적으로 펼친 동작 속에도 수천, 수만 번을 수련한 검공의 무리가 숨어 있었다.

'역시 보통 놈은 아니군.'

까앙!

복면인과 싸운 후 처음으로 검과 검이 격돌했다. 그 결과는 놀라웠다. 복면인의 검신이 중단에서부터 무처럼 매끈하게 잘려 나가 버렸다. 반 토막 난 자신의 검과 살극달의 검을 번갈아 보는 복면인의 눈동자가 튀어나올 듯 커졌다.

"백련정강을 무처럼 잘라 버리다니……!"

검수가 검을 잃는 것은 한쪽 팔을 잃는 것과 마찬가지다. 더는 싸울 의지가 사라진 복면인이 품속에 손을 넣었다가 빼더니 살극달을 향해 무언가를 뿌렸다.

은백의 쇠 비늘이 허공을 가득 메웠다.

암기였다.

살극달은 사왕검을 질풍처럼 휘둘러 커다란 장력을 만들어 암기를 모두 튕겨냈다. 그 찰나의 틈을 타고 복면인은 허공으로 솟구쳤다.

펑! 소리와 함께 지붕에 커다란 구멍이 생기더니 복면인이 순식간에 사라져 버렸다.

바닥을 박차고 지붕으로 뛰어오른 살극달의 눈에 저 멀리 나무 사이로 달려가는 한줄기 바람이 보였다. 검술뿐만 아니라 경공 또한 상당한 수준에 이른 자였다.

살극달은 발아래에서 기왓장 하나를 뽑아 든 다음 바람을 향해 힘차게 던졌다.

파앙!

대기를 찢으며 무서운 속도로 날아간 기왓장은 정확히 복면인의 왼쪽 어깨를 맞췄다. 퍼억! 소리와 함께 복면인이 쓰러질 듯 휘청거렸다. 하지만 그것도 잠시, 복면인은 이내 무서운 속도를 내며 어둠 저편 숲으로 사라져 버렸다.

살극달은 사왕검을 검갑에 꽂은 다음 손바닥을 내려다보았다. 신법도 그렇고, 격돌의 순간 손바닥을 통해 전해지는 반탄력도 그렇고 결코 평범한 자가 아니었다.

'대체 누구지?

복면인과의 사투가 끝났지만 살극달은 관제묘를 떠나지 않았다. 복면인은 이곳에서 누군가를 만나기로 했고, 그가 아직 나타나지 않았다.

복면인이 중간에 그를 만나지만 않는다면 미지의 인물이 관제묘로 올 가능성은 아직도 남아 있었다.

살극달의 예상은 적중했다.

불과 일각이 지나지 않아 한 사람이 등장했다.

두 번째 인물 역시 복면을 쓰고 있었다.

첫 번째 복면인과 달리 쭈뼛쭈뼛 관제묘로 들어선 두 번째 복면인은 긴장한 기색이 역력했다. 쉴 새 없이 뒤를 돌아보고 또 주변을 살피는 것으로 봐서 추격자가 있는지 심각하게 걱정하는 것 같았다.

다행인 것은 어두운 밤인 탓에 관제묘에 남아 있는 사투의 흔적을 새로운 복면인이 발견하지 못했다는 것이다.

다만 한 가지, 복면인은 하늘을 향해 뻥 뚫린 천장의 구멍을 보며 의아한 표정을 지었다.

"조심한다고 했는데 밟는 순간 무너져 버렸다."

살극달이 어둠 속에서 모습을 드러내며 말했다.

너무나 어이없는 변명이었지만 복면인은 그것을 따질 생각이 없는 듯했다. 유령처럼 표홀하게 나타난 살극달의 신법에 복면인은 크게 당황하며 검파를 잡아갔다. 그리고 말했다.

　"밀마는?"

　"……!"

　복면인의 입에서 첫 번째 말이 흘러나오는 순간 살극달은 얼굴을 굳혔다. 복면인의 목소리가 익히 아는 사람의 것이었기 때문이다.

第七章
엽사담을 다시 만나다

  '엽사담?

  살극달이 선뜻 대답을 하지 않자 복면인의 눈동자에 의심
하는 빛이 떠올랐다. 그는 금방이라도 뽑을 듯 검파를 더욱
세게 움켜쥐었다.

  "누구냐?"

  "산과 골짜기는 볕과 그늘을 함께 나누니……."

  살극달은 첫 번째 복면인이 했던 서두를 뗐다. 눈앞의 복면
인, 즉 엽사담이 자신을 알아보지 못하도록 목소리를 바꾼 것
은 물론이다.

그제야 긴장이 풀린 엽사담이 검파에서 손을 떼며 말했다.

"함께 살고 함께 죽는다."

엽사담은 소매로 이마에 흐르는 땀을 훔치며 푸념처럼 속삭였다.

"하루하루가 살얼음판을 걷는 것 같소."

"……?"

"아직 간신히 버티고 있지만 언제까지 그를 속일 수 있을지 의문이오. 그는 상상을 초월할 정도로 생각이 깊은데다 워낙 속을 알 수 없는 인간이어서 말이오."

"누굴 말하는 거지?"

"당연히 수라마군이지 누구겠소."

'역시……!'

살극달은 적잖게 놀랐다.

천년부호에서 자신에게 중상을 입은 후 엽사담은 수라마군을 따라갔다. 당연히 엽사담이 말한 '그'는 수라마군일 것이다. 그런데 지금은 그를 흉보고 있다.

대체 어떻게 된 영문일까?

엽사담이 수라마군을 배신이라도 했단 말인가?

그렇다면 엽사담이 접선하려는 자는 또 누구일까? 그렇다면 서신을 보낸 자는 또 누구일까?

한 가지는 확실했다.

서신을 보낸 자가 보여주려고 한 것이 바로 이것, 엽사담이 배신을 하는 장면이라는 것이다.

계속해서 말이 없자 엽사담은 살극달을 빤히 바라보았다. 눈동자에 약간의 빛이 모이는 것으로 미루어 무언가 이상하다고 느끼는 것 같았다.

"밀마를 남긴 이유는?"

살극달은 앞선 복면인의 말을 흉내 냈다.

앞선 복면인의 말에 따르면 엽사담이 긴급하게 밀마를 남겼고, 그것에 근거해 지금의 자리가 만들어졌다. 이는 엽사담이 속한 미지의 조직에서 나온 사람이 아니라면 알 수가 없는 내용이다.

그제야 엽사담의 눈동자에서 의심의 빛이 사라졌다. 매사에 이렇게 신중한 걸 보면 무척이나 중요한 일이 벌어지고 있음이 분명했다.

"그가 내일 용봉지연에 나타날 것이오."

"그는 지금 어디에 있지?"

"엿새 전 양주에 도착한 후 줄곧 소금산에 머물렀소. 그리고 지금은 수서호의 배 위에 있소. 노파심에서 하는 말이오만 섣불리 그를 찾는 짓 따위는 하지 마시오. 그는 범인의 폭으로 상상조차 할 수 없는 인물이오. 그리고 그가 이끌고 온 오백의 병력이 양주 시내 곳곳에 침투해 있소. 하나같이 용 같고 범 같은 자들이어서 전면전이 벌어지면 우리 쪽에도 적지 않은 출혈이 있을 것이오."

"그렇군."

살극달은 짧은 말로 엽사담의 말을 받았다.

아는 바가 적으니 더는 무언가를 캐내기가 어려웠다. 반면 엽사담이 자리를 뜨기 전에 알고 싶은 것이 있었다. 그건 정체가 탄로 나는 위험을 무릅쓰고서라도 시도를 해야 하는 것이었다. 하지만 신중하게 접근해야 한다. 놈이 눈치채지 못하도록 조금씩.

"너는 어떤가?"

"무슨 말이오?"

"그는 천년부호에서 죽은 목숨이나 다름없는 너를 살려주었다. 하지만 너는 그를 함정에 빠뜨리려 하고 있다. 이런 너의 모습에 회의가 들지는 않나?"

"내 충성심을 의심하는 거요?"

엽사담의 눈동자가 동그래졌다.

그가 재우쳐 말했다.

"혹시 윗선에서 내 심경에 변화가 있을까 우려하고 있다면 염려 놓으라고 전해주시오. 그런 인간적인 감정에 치우쳐 대사를 그르칠 만큼 내 심장은 뜨겁지 않소."

"무엇 때문인가?"

"……?"

"너는 무엇 때문에 이런 일을 하는 건가?"

엽사담은 탐탁지 않은 표정으로 살극달을 한참이나 노려보았다. 살극달이 여전히 자신을 의심한다고 생각하는 모양이다. 그래서인지 이번에도 그는 자신의 입장을 분명히 밝혀야 한다고 생각한 것 같았다.

"자하부라면 대답이 되겠소?"

엽사담은 아직도 자하부를 포기하지 않고 있었다. 미루어 짐작하면 엽사담이 속한 미지의 세력은 그에게 자하부를 주겠다고 약속했고, 엽사담은 그걸 되찾기 위해 충성을 다하고 있는 것이다.

"넌 그때 자하부를 손에 넣어야 했다."

"그건 아무도 예측하지 못한 일이었소. 살극달이라는 놈이 나타나지만 않았어도……. 혈기대주에게 그런 괴물 같은 의형이 있을 줄 누가 알았겠소."

"그에게는 혈기대주 외에도 두 명의 아우가 더 있다고 하던데……."

"하소추와 하대광이란 녀석들이오. 혈기대주가 죽은 지 얼마 지나지 않아 한 달의 간격을 두고 차례로 귀양부를 찾아와 뒤를 캐고 다녔지. 한 명은 애꾸였고 다른 한 명은 외팔이었소. 놈들이 죽은 혈기대주의 친형이라는 것도 나중에 알게 되었지."

살극달은 피가 거꾸로 솟는 것 같았다.

애써 분노를 억누른 살극달은 모른 척 시치미를 뗐다. 섣불리 파고들었다간 모처럼 잡은 기회마저 놓칠 수가 있기 때문이었다.

한데 그때 엽사담이 희한한 말을 했다.

"한데 오늘은 좀 이상하군. 왜인지 모르지만 그도 그 두 녀석의 죽음에 대해 묻더이다."

그라면 당연히 수라마군일 것이다.

"그래서 뭐라고 대답했나?"

"대충 둘러대긴 했소만, 의중을 알 수가 없으니 여간 불안한 게 아니오."

"그들은 누가 죽였지?"

정말 묻고 싶은 건 하원일을 죽인 흉수다.

하지만 엽사담이 속한 미지의 세력이 그걸 모른다면 말이 안 되는 것 같았다. 반면 지금 엽사담도 말했던 것처럼 하소추와 하대광의 죽음은 예상치 못한 돌발 사고였다.

엽사담은 선뜻 대답하지 않았다.

무언가 이상함을 느꼈는지 그는 동공을 좁히며 반문했다.

"이제 와서 왜 지난 얘기를 자꾸 묻는 거요? 그러고 보니 목소리도 조금 낯선 것 같고. 당신은 누구요?"

"그걸 이제야 깨닫다니⋯⋯."

갑작스럽게 들려온 목소리에 엽사담의 고개가 황급히 돌아갔다. 그는 소리가 난 쪽을 향해 어느새 검을 뽑아 들고 있었다.

잠시 후, 어둠 속에서 한 사람이 등장했다.

흑의 무복에 역시나 복면을 쓴 그는 언제 들어왔는지도 모르게 천천히 내실로 들어섰다. 더불어 십 인의 괴인이 관제묘 주변을 에워싸고 있다는 걸 살극달은 느낄 수 있었다. 앞서 도주한 복면인이 동료들을 이끌고 나타난 것이다.

사실 살극달은 이들이 가까이 와 있다는 걸 진작에 눈치채고 있었다. 다만 그들은 살극달의 정체를 파악하기 위해 대화를 엿들으며 시간을 끌었는데, 살극달은 살극달대로 그들이 등장하기 전에 조금이라도 더 캐물어야 했다.

하지만 이제 끝난 모양이었다.

"다, 당신은 누구요?"

엽사담이 물었다.

아마도 같은 편일 텐데, 당황한 엽사담은 적아를 판단하기가 쉽지 않은 모양이었다.

"돌아가라!"

복면인은 살극달에게 시선을 고정한 채 냉랭한 음성으로 말했다. 물론 엽사담을 향한 말이었다.

살극달은 복면인의 음성에서 본래의 목소리가 아니라는 것을 깨달았다. 단순히 목소리를 변조하는 것이 아니라 전혀 다른 사람의 목소리를 내는 이성술(異聲術)을 익힌 게 분명했다.

엽사담은 선뜻 결정을 내리지 못하고 살극달과 복면인의 눈치를 번갈아 살폈다.

"내 말이 들리지 않나!"

복면인이 재우쳐 말했다.

그의 목소리엔 항거할 수 없는 힘이 담겨 있었다. 앞서 살극달과 격돌했던 자와는 비교도 할 수 없을 만큼의 강한 압박감이었다.

엽사담은 그제야 천천히 뒷걸음질을 쳤다.

검봉은 어느새 살극달을 향하고 있었다.

살극달이 적임을 알아차린 후 행여나 있을지 모르는 공격에 대비하기 위해서였다.

하지만 살극달은 엽사담을 순순히 보내주었다.

엽사담의 앞길을 막기 전에 새롭게 나타난 적들을 상대해야 한다는 걸 알기 때문이었다.

이윽고 관제묘에는 살극달과 복면인만 남게 되었다. 하지만 그것도 잠시, 반쯤 열린 문과 뻥 뚫린 천장의 구멍을 통해 정체불명의 그림자가 슬금슬금 기어들어 왔다. 그러고는 사방 벽과 천장, 그리고 바닥에 납작 엎드려 포진을 하더니 순식간에 살극달을 에워싸 버렸다.

숫자는 모두 열 명. 손속을 나눠보지 않아도 알 수 있었다. 그들은 고도의 훈련을 받은 자객이었다.

"귀하의 신분을 알 수 있겠소?"

복면인이 물었다.

온기가 느껴지는 음성이었다.

그래서 더 경계해야 할 목소리였다.

"먼저 자신을 소개하는 것이 예의가 아닌가."

"남의 일에 끼어든 사람은 귀하가 먼저인 듯하오만."

"남의 일이라고 확신할 수 있나?"

"음, 그럴 수도 있겠군. 남의 일인지 아닌지를 알려면 귀하가 누구인지를 알아야 하는데, 그걸 알려면 또 나를 소개해야 하고, 반면 난 귀하가 누군지를 알아야만 정체를 밝힐지 말지를 결정할 수 있으니. 후후, 외통수로군."

"대화가 아니라면 방법은 얼마든지 있지."

스르릉!

말과 함께 살극달이 사왕검을 뽑았다.

은백의 검신이 시퍼런 예기를 토해냈다. 좌중에 싸늘한 냉기가 흘렀다. 범상치 않은 보검임을 한눈에 알아본 것이다.

"좋은 검을 지녔군."

말과 함께 복면인이 한 걸음 물러났다.

그것을 신호로 사방에서 납작 엎드려 있던 검은 인영들이 벌 떼처럼 날아들었다.

살극달의 신형이 미끄러진 것도 그때였다.

검광이 번뜩였다.

칼바람이 장내를 들쑤시며 날아다녔다.

까강깡깡!

불꽃이 사방으로 터지며 칠흑처럼 어둡던 장내가 쉴 새 없이 밝아졌다가 어두워지기를 반복했다.

적이 아무리 많아도 한꺼번에 덤빌 수 있는 숫자에는 한계가 있다. 하지만 적들은 벽과 천장 따위의 지형지물을 이용, 협소한 공간이 주는 약점을 오히려 장점으로 활용했다.

전후좌우는 물론 바닥과 허공에서조차 쉴 새 없이 검이 떨어지고 찔러왔다. 하나같이 날카롭고 예리했다. 흡사 폭우에 휘말린 소나기와 같은 파상적인 공세 속에서도 살극달은 정확히 활로를 찾아 이동하고 빈틈을 노려 검을 뻗었다.

휘우웅! 깡깡! 파파팟!

대기가 휘우뚱 일그러지고, 경파에 휘말린 옷자락이 터질 듯 펄럭였다.

하지만 승부는 좀처럼 나지 않았다.

맹렬한 속도로 돌아가는 톱니바퀴가 있다면 바로 이런 경우를 두고 이르는 말일 것이다. 정교하게 맞물려 돌아가는 적들의 연수합격은 수많은 검진을 보고 듣고 경험한 살극달로서도 무척이나 생소한 것이었다.

그리고 맹렬했다.

한 명의 급소를 찔러가면 다른 한 놈이 찰나의 순간을 귀신같이 파고들어 급소를 노렸다. 재빨리 검로를 틀어 놈을 노리면 또 다른 놈이, 그놈을 노리면 또 다른 놈이…….

결정적으로 허(虛)와 실(實)의 구분이 안 되었다. 분명 열 명의 검객이었는데 흡사 백 명을 한꺼번에 상대하는 것 같았다. 좁은 공간에 백 명이나 되는 숫자가 들어올 리 없으니 열에 아홉은 허상이었다.

그걸 증명하기라도 하듯 처처에 있는 그림자들이 검로에 걸려들 때마다 뿌연 잔상처럼 흩어지곤 했다. 반면, 그 잔상이 뿌리는 검초는 분명 물리적인 실체를 가지고 있었다.

이래서야 이길 수가 없다.

그 와중에 살극달과 대화를 나누었던 복면인은 한 걸음 물러선 상태에서 싸움을 관조하고 있었다. 저렇듯 태연한 자세를 하고 있지만 자기편이 위험에 빠지는 순간이 오면 언제든 벼락처럼 뛰어들 것이다.

그리고 그가 뿌리는 검초가 가장 위험할 것은 분명했다. 열 명이 빈틈을 만들고 나머지 한 명은 그때를 기다린다.

단순하면서도 지극히 효과적인 전술이었다.

덕분에 살극달은 십 인의 괴인을 상대하면서도 복면인의 동작을 예의 주시해야 하는 상황에 부닥쳤다. 일대일의 대결이었다면 상대가 되지 않을 승부가 지지부진하게 이어지는 것도 그 때문이었다.

거기에 십 인의 자객이 펼치는 정체불명의 검진이 워낙 귀신 같았다. 심령이 통한다는 쌍둥이들조차 이토록 완벽하게 합격진을 펼치지는 못할 것 같았다.

'쌍둥이……!'

그 순간, 살극달은 오랫동안 잊고 있었던 어느 검진의 이름 하나가 생각났다.

'일경십수진(一莖十穗陣)!'

한 포기의 줄기에서 열 개의 이삭이 열린다는 뜻으로, 살극달이 오래전 세상을 떠돌던 시절 우연히 만난 어느 신비한 문파의 제자들이 펼친 절진이다. 이제는 기억조차 희미해진 그날의 싸움에서 살극달은 큰 부상을 입었다.

살극달이 당했던 데는 이유가 있었다.

쾌(快)가 극에 이르면 환(幻)이 된다.

일경십수진은 천 일 동안을 똑같이 먹고 자고 행동한 사람들이 펼치는 극쾌의 검진으로, 수련의 정도가 일정한 성취에 이르면 자아(自我)와 외계(外界)와의 구별을 잊어버리고 십 인의 검수가 한 몸인 것처럼 생각하고 행동하게 된다.

주장이 되는 한 사람이 투로를 떠올리면 나머지 아홉 명의 머릿속에서도 같은 생각이 동시에 떠오르며 반사적으로 움직이게 되는 것이다.

장구한 세월을 산 살극달에게는 보통 사람들과 유달리 다른 능력이 한 가지 있었는데, 그건 고도의 안력을 지녔다는 것이다.

특히 순간적으로 스쳐 가는 물체의 형상을 놀랍도록 자세히 볼 수 있었다. 오죽하면 커다란 함지박을 놓고 일각 동안에 떨어지는 소나기의 방울을 세었을까.

한데 일경십수진은 그걸 넘어섰다.

생소하고 변화를 예측할 수 없으며, 극쾌의 속도로 변화무쌍하게 치고 빠지는 열 개의 검을 피하기란 살극달에게도 쉬운 일이 아니었다.

말하자면 살극달과 상극이랄 수도 있는 검진인데, 지금 이 순간 일경십수진을 만난 것은 우연일까, 아니면 누군가의 의도된 포석일까?

파훼법은 생각나지 않는다.

중요한 건 그때 중상을 입었을망정 결국엔 살극달이 이겼다는 것이다. 아마도 그동안의 축적된 경험이 만들어낸 본능 같은 움직임이었을 것이다. 상황은 그때나 지금이나 달라진 것이 없었다.

"갈!"

천둥 같은 대갈일성과 함께 살극달이 사왕검을 크게 휘둘렀다. 응축된 내공을 순간적으로 폭발시켜 방원 삼 장을 쓸어버리는 이 수법의 이름은 뇌려풍비(雷勵風飛)!

떠엉!

흡사 쇠북을 두들기는 듯한 폭음과 함께 한줄기 거센 돌풍이 몰아쳤다. 엄청난 압력을 견디지 못한 관제묘의 천장과 벽이 폭탄이라도 맞은 것처럼 터져 나갔다.

살극달을 향해 난상으로 날아들던 수십 개의 인영이 엄청난 경파를 이기지 못하고 그 자리에 우뚝 서버렸다. 인영은 어느새 열 개로 줄어들었다. 움직임이 멈추면서 허상이 모두 사라져 버린 것이다.

그들이 입고 있는 옷자락이 찢어질 듯 휘날리는 가운데, 여태 사태를 관망하고 있던 복면인이 전권 속으로 뛰어들었다.

지금의 상태에서 살극달의 칼질 한 번이면 자신의 수하 십인이 썩은 나뭇단처럼 베어 넘겨질 것을 직감적으로 알아차린 것이다.

그의 예상은 적중했다.

찰나의 순간 그가 전권 속으로 뛰어들지 않았다면 살극달은 열 명의 괴인을 양단해 버렸을 테니까.

"물러나라!"

복면인의 일성에 열 명의 괴인이 일사불란하게 물러났다. 그들은 언제든 다시 뛰어들 수 있도록 전권의 가장자리에서 검을 고쳐 쥐고 대기했다.

살극달은 이제 복면인과 대치했다.

관제묘가 터져 나가면서 사방은 뻥 뚫린 공간으로 변했다. 전장이 관제묘에서 숲으로 바뀐 것이다. 주변엔 뒤늦게 떨어져 내린 건물의 잔해로 아수라장이 따로 없었다.

복면인과 살극달은 그 잔해 위에서 서로 마주 보며 돌기 시작했다.

살극달은 침잠한 눈빛으로 상대를 응시했다.

복면 사이로 보이는 적의 눈동자에서는 정체를 알 수 없는 불길이 이글이글 타오르고 있었다.

그건 흥분이었다.

간만에 호적수를 만난 흥분으로 그의 피가 끓고 있는 것이다. 그러기를 한참, 싸움은 순식간에 시작되었다.

복면인의 장검이 눈으로 좇을 수 없을 만큼 빠른 속도로 살극달의 전권을 파고들었다. 살극달은 전방에 태극 모양의 검로를 만들어 복면인의 검을 받았다.

까라라랑!

복면인의 장검이 사왕검의 검신을 타고 흐르면서 귀청을

찢는 소리가 울렸다.

살극달은 당황했다.

사왕검은 천하의 그 어떤 금속도 무처럼 썰어버리는 마도의 귀물이다.

한데 복면인의 장검은 사왕검이라는 귀물을 상대하고도 멀쩡했다. 불꽃까지 튀기며 버티는 걸 보면 필시 사왕검과 어깨를 나란히 할 정도의 명검이다.

그 순간, 복면인의 주먹이 살극달의 하복부를 파고들었다. 속도가 예사롭지 않더라니 엄청난 경력이 휘몰아쳤다.

살극달은 가볍게 허리를 틀어 복면인의 주먹과 신형을 흘려보냈다. 서로의 위치가 바뀌었다고 느끼는 순간, 바깥으로 빠져나갔던 복면인의 검로가 돌연 방향을 틀어 이번엔 옆구리를 지져왔다.

연이어 펼쳐지는 전광석화와도 같은 임기응변에 살극달은 진심으로 탄복했다. 목소리로 미루어 복면인의 나이는 서른 안팎이다. 그만한 나이에 이 정도의 성취를 이루기란 정말 어려운 경우다.

단언컨대 그는 십패의 후기지수들을 넘어섰다.

'이만한 고수를 품은 곳이 과연 어디일까?'

살극달이 정말로 궁금한 것은 복면인의 실력이 아니라 그가 속한 세력이다.

엽사담은 누구와 조우를 한 것인가.

눈 깜짝할 사이에 십여 초의 공방을 주고받았다.

그때까지도 복면인의 일방적인 공격은 멈추지 않았다. 물 흐르듯 이어지는 초식은 쾌와 패의 무리를 넘나들었고, 그 와 중에도 변초가 연이어 터졌다. 분명 방어를 해야 할 순간에 인간의 몸이랄 수 없을 정도의 빠르고 유연한 몸놀림으로 상 황을 역전시켰다.

하지만 그건 겉으로 보이는 결과일 뿐, 실상은 전혀 그렇지 를 않았다.

살극달이 감탄하는 것 역시 그가 그동안 겪어본 젊은 고수 들과 비교한 상대평가일 뿐 자신과 견줄 정도로 고강한 자는 아니었다.

깡!

강렬한 쇳소리와 함께 복면인과 살극달이 대여섯 장 정도 떨어졌다. 복면인이 착 가라앉은 음성으로 물었다.

"왜 반격을 하지 않는 거지?"

"너의 사문을 알기 위해서다."

복면인의 눈동자가 흠칫 굳었다.

말인즉슨, 살극달은 전력을 다하지 않았다는 뜻이 아닌가.

"그래서 알아냈나?"

"아직은."

"재밌어지는군. 네가 내 사문을 알아내는 것이 먼저인지, 아니면 내가 널 죽이는 것이 먼저일지 궁금하지 않은가?"

"전혀."

"왜지?"

"내가 너의 사문을 알아내지 못할 수도 있다. 하지만 네가 날 죽이는 경우는 없을 것이다."

"그거야 두고 보면 알겠지."

말과 함께 복면인이 또다시 질풍처럼 쇄도했다.

살극달은 일도양단의 수법을 발휘, 무서운 속도로 검을 내려쳐 갔다.

세상엔 수많은 무공이 있고, 그 모든 걸 살극달이 알아낼 수는 없다. 앞서의 검진으로 미루어 지금 복면의 사내도 그들과 연관이 있지 않을까 생각했는데 오판일 수도 있었다.

수비만으로 상대의 내력을 알아볼 수 없다고 판단한 살극달은 지금까지의 소극적인 자세를 버리고 반격을 시작했다.

그러자 분위기가 돌변했다.

흡사 산악이 무너지는 듯한 기세가 복면인을 덮친 것이다. 흠칫 놀란 복면인이 검을 세차게 올려쳤다.

꽝!

검과 검이 복면인의 머리 위의 한 자쯤에서 격돌하며 엄청난 굉음이 울렸다. 막강한 경력의 여파로 대기가 출렁 흔들릴 정도였다.

두 자루의 검은 튕겨 나가지 않고 자석처럼 찰싹 달라붙어 버렸다. 격검의 순간 살극달이 괴력을 발휘해 상대의 장검을 눌러 버렸기 때문이다.

덕분에 복면인은 어떠한 초식도 이을 수 없었다. 양손은 모두 검파를 쥔 상태, 한 손을 뺄 수도 없고 한 발을 옮길 수도 없었다. 엄청난 무게로 압박하는 살극달의 검에 몸이 두 쪽 나지 않기 위해서는 모든 진력을 쏟아내 버텨야 했다.

덫에 걸린 쥐처럼 압도당해 버린 것이다.

"흐읍……!"

어금니를 꽉 깨무는 복면인의 입에서 낮은 신음이 흘러나왔다.

후방에 물러서 있던 복면인의 수하들은 눈동자가 실처럼 가늘어졌다. 지금까지 현란한 검투를 펼친 것과는 너무나 대조적인 결과에 당황한 것이다.

무엇보다 당황한 것은 복면인 자신이었다.

시종일관 자신이 싸움을 주도했다고 생각했는데 상황은 전혀 그렇지 않았다.

뒤늦게 상관의 위험을 인식한 복면인들이 황급히 검진을 펼치며 살극달을 에워쌌다.

"움직이면 이자를 죽이겠다."

살극달의 입에서 서늘한 음성이 흘러나왔다.

금방이라도 달려들 것 같던 복면인들이 주춤 멈춰 섰다.

"너희는 누구냐?"

살극달이 사왕검으로 복면인의 검을 찍어 누르며 말했다. 복면인의 동공이 더할 수 없이 일그러졌다. 그는 작금의 상황이 이해가 되지 않는 듯했다.

살극달은 검을 쥔 손에 더욱더 힘을 주었다.

사왕검을 가로막은 복면인의 검이 점점 내려갔다. 사왕검의 검신은 어느새 복면인의 어깨를 파고들었다.

"후읍……!"

복면인의 입에서 다시 한 번 탁한 신음이 흘러나왔다. 눈동자는 터질 듯한 핏발로 어지러웠고 꽉 깨문 입술 사이로 핏기가 비쳤다. 잇몸이 힘을 견디지 못하고 피를 흘리기 시작한 탓이다.

"난 인내심이 많지 않다."

살극달이 말했다.

그때 어디선가 나직한 음성이 흘러나왔다.

"멈추시오."

살극달은 억누르는 힘을 회수하지 않은 채 소리가 난 쪽을 돌아보았다. 어두운 숲 속에서 한 사람이 걸어나오고 있었다.

"……!"

살극달의 눈이 휘둥그레졌다.

새로이 나타난 사람은 석가장의 호법당주 조철건이었다. 조철건의 등장을 예상하기라도 한 듯 복면인들은 전혀 당황하지 않았다.

"그대는……!"

"귀하를 뵙고자 하는 사람이 있소."

第八章
밝혀지는 비밀들

조철건을 따라간 곳은 석가장의 후미진 비원이었다. 삼엄한 경계가 펼쳐지고 있는 몇 개의 관문을 지나 어느 오래된 전각으로 들어갔을 때는 새벽이 깊은 시각이었다.

그곳엔 석가장의 장주 석단룡이 홀로 술을 마시고 있었다. 살극달을 안내한 조철건은 석단룡을 향해 가볍게 허리를 숙인 후 방을 나갔다. 내실엔 이제 살극달과 석단룡 두 사람만 남게 되었다.

"앉게."

석단룡이 자리를 권했다.

살극달은 자리에 앉자마자 물었다.

"어떻게 된 일입니까?"

관제묘에서 만난 복면인들, 엽사담의 등장, 그리고 마지막으로 나타난 조철건. 도무지 연결되지 않는 이들의 조합에 대한 해명을 한꺼번에 요구하는 질문이었다.

"한잔하겠나?"

석단룡이 호리병을 흔들어 보였다.

살극달은 굳게 다문 입술로 고개를 저었다.

살극달이 술을 거절하자 석단룡은 대신 자신의 앞에 놓인 술잔에 천천히 술을 따랐다.

"엽사담은 나와 은원이 있는 자입니다. 가주의 수하로 짐작되는 자들이 그와 접선을 했습니다. 납득할 수 있는 설명을 주지 않으면 가주와 가주의 장원은 나를 적으로 돌려야 할 것입니다."

서늘한 경고였다.

강동석가를 전혀 두려워하지 않는 살극달의 태도에 석단룡은 쓰게 웃었다. 그것참 유감이라는 듯한 미소였지만, 그렇다고 두려워하는 기색은 아니었다.

"그 말은 석가장은 안중에도 없다는 뜻인가?"

"석가장이 제게 두려움을 주는 존재는 아니라는 뜻입니다."

석단룡은 한동안 침잠한 눈으로 살극달을 응시하더니 말했다.

"자하부가 부럽군. 요즘엔 자네처럼 두둑한 배짱과 기백을 지닌 후기지수들이 드물지. 멀리 볼 것도 없어. 내 자식들만 해도 그렇다네. 싸워야 할 상대를 또래 사이에서만 찾지. 내가 젊었을 땐 허황한 생각일망정 천하를 그렸는데 말이지."

"난 자하부의 명을 받드는 사람이 아닙니다."

"하지만 자하부가 위험에 빠지면 수수방관하진 않겠지?"

살극달이 구담에게 했던 말이다.

그 자리에 석일강과 석부용 남매가 있었으니 그들의 아비인 석단룡에게 전해지는 것도 이상한 일이 아니었다.

어느 정도는 예상했던 일이고, 또 그걸 염두에 두고 한 말이기도 했다.

어쨌든 이 질문에 살극달은 침묵했다.

무슨 말을 하려고 저렇게 서두를 꺼내는지 모르겠지만 일일이 응대를 해줄 필요는 없었다.

잠시 침묵이 흐른 후 석단룡의 말이 이어졌다.

"백백궁의 혈사가 있던 그날 밤, 수라마군이 살아서 도주했다는 건 자네도 알고 있겠지? 그날 밤, 그는 백백궁을 떠나기 직전 중원무림을 향해 이렇게 경고했지. '나는 죽지 않는다. 반드시 돌아와 오늘의 혈채를 받아낼 것이다' 라고."

"……."

"그로부터 육십여 년이 흘렀지만 우리는 단 한 번도 그때의 일을 잊어본 적이 없네. 이해하기 어렵겠지만 그는 불사의 존재거든."

"……!"

살극달은 진심으로 놀랐다.

석단룡의 말대로라면 저들은 수라마군이 자연법칙을 초월한 정체불명의 존재라는 걸 알고 있었다는 말이 아닌가.

그걸, 스스로 말하지 않는 한 누구도 알 수 없는 그 내밀한 비밀을 석단룡이 어떻게 알아차렸는지 도무지 알 수가 없었다.

어쨌거나 엄청난 사건임에는 분명했다.

그제야 살극달은 앞서 관제묘에서 만났던 복면인들이 일경십수진을 펼칠 수 있었던 이유를 짐작했다. 그건 자신이 아니라 수라마군을 잡기 위한 진법이었다.

"놀란 모양이군."

살극달의 표정이 굳어진 걸 믿지 못해서라고 생각한 모양이었다. 이해의 방향은 달랐지만 놀랐다는 사실만큼은 틀리지 않았다.

"그럴 수밖에. 하늘 아래 영원히 죽지 않고 사는 존재가 있다는 걸 누가 믿겠는가. 하지만 엄연한 사실일세."

"그가 불사의 존재라는 건 어떻게 알았습니까?"

"백백궁의 혈사가 왜 벌어졌는지 아는가?"

"마두들이 수라마군을 숭앙하며 곤륜산으로 모이자 힘이 세어질 것을 두려워한 중원무림인들이 기치 단결한 것이 아니었던가요?"

"크게 다르지 않네. 하지만 한 가지가 빠졌지. 수라마군을 두려워한 사람들이 있었다는 것. 그게 백백교가 중원무림에 그다지 패악을 부리지 않았음에도 불구하고 선제공격을 감행한 이유일세."

"그 말은……."

"그는 백 년 전에도 존재했고 이백 년 전에도 존재했네. 물론 무림의 고수 중에서도 소수의 인물들을 통해서만 극히 비밀리에 전해진 이야기지."

"백 년 전에도 있었다면……."

"앞서도 말했지만 워낙 소수를 통해 전해진 이야기라 그의 행적에 관해서는 크게 알려진 바가 없네. 다만 전해지는 이야기론 까마득한 옛날부터 비무행을 하고 다니는 정체불명의 인간이 있었는데, 그에겐 여타의 인간들과 확연히 구분되는 몇 가지 특징이 있었지. 그건 바로 늙지 않은 얼굴, 은발의 머리카락, 회백색 눈동자, 그리고 불가사의한 무공이었다네."

"단지 그것만으로 불사의 존재가 있다고 판단하기엔 무리
가 있지 않겠습니까?"

"내 말을 믿지 않는군."

"이해가 되지 않기 때문입니다."

석단룡은 대답 대신 품속에서 오래된 양피지 한 장을 꺼내
살극달에게 건네주었다. 가장자리는 삭아서 너덜너덜하고
군데군데 쥐 오줌까지 지려 있는 그것은 수라마군의 초상화
였다.

터럭 한 올까지 어찌나 세밀하게 그렸는지 살극달은 흡사
수라마군을 마주 보고 있는 듯한 착각이 들었다.

"이게… 뭡니까?"

"오백 년 전 소림의 고승이 수라마군을 만난 적 있는 중원
인 스무 명을 부른 다음 당대의 가장 뛰어난 화공으로 하여금
듣고 그리게 했지. 그리고 세대와 세대를 넘어 내게까지 전해
졌네. 어떤가? 자네도 그 요괴를 보았으니 똑같다는 걸 알겠
지?"

너무나 놀라우면 할 말이 없는 법이다.

비록 일부에 불과했지만 중원무림인들은 수라마군의 존재
를 알고 있다. 그것도 모르고 살극달은 자신과 같은 존재를
찾아 천하를 헤맸다. 무려 칠백 년 동안이나.

부질없이 흘려보낸 세월이 불현듯 서글퍼졌다.

"오백 년 전의 물건이지만, 실제로 그에 대한 소문이 전해져 내려온 건 그때로부터도 수백 년을 거슬러 올라간다네. 이 역시 정확하지 않지만 우리는 그의 나이를 대략 구백여 세로 추정한다네. 후후. 자네는 아마도 나를 망령 난 늙은이쯤으로 여기고 있을지도 모르겠군."

말과 함께 석단룡은 살극달을 슬그머니 응시했다. 아무래도 살극달의 반응이 신경 쓰였나 보다.

살극달은 물론 놀랐다.

하지만 석단룡이 생각하는 것과는 다른 종류의 놀람이었다.

구백 년…….

구백 년을 살았다면 자신보다 이백여 년을 더 앞서 세상에 존재했다는 말이 된다. 대체 수라마군은 그 장구한 세월을 어떻게 버텼을까? 그것보다 그와 자신은 도대체 무엇일까?

"한데 어찌하여 그는 중원무림인들과 척을 지게 된 것입니까?"

"이따금 중원무림의 문파들과 부딪치는 일이 있었다더군. 그때 알게 되었지, 그의 비무행이 어떤 무공을 찾거나 혹은 완성하기 위한 여정이라고."

"그게… 무엇입니까?"

"불행하게도 그걸 아는 사람은 없네. 아마도 인간의 한계를 벗어난 마공의 일종이 아닐까 막연히 짐작할 뿐이네."

이미 천하를 굽어볼 수 있는 힘을 지닌 그가 더 무슨 공부가 필요했을까?

아니다.

그건 힘이 아닐지도 모른다.

수라마군 역시 살극달과 똑같은 고민을 했다면, 그가 찾으려 했던 건 자신이 무엇인지를 알려고 하는 과정, 혹은 그것을 알 수 있는 비밀의 열쇠와 관련이 있지 않을까?

석단룡의 말이 이어졌다.

"백 명이 덤비든 천 명이 덤비든 그를 적으로 삼은 문파치고 멸문지화를 당하지 않은 곳이 없었지. 아마도 자신의 행적을 남기고 싶지 않아서였을 거야. 무언가 비밀이 있다는 뜻이지. 그래서 수라마군은 중원무림의 적이 되었네."

살극달은 저도 모르게 고개를 끄덕였다.

그제야 살극달이 자신의 말을 신뢰하기 시작했다고 생각한 석단룡은 목소리에 조금 힘이 들어갔다.

"그나마 다행인 것은 그의 출현 주기가 한 세대에 한두 번 정도였다는 거야. 짐작하건대 한 번의 비무행을 하고 나면 은거를 하고 비무행을 통해 얻은 무리를 해석하는 것 같았네. 아니면 그걸 조합해 다른 무공을 만들든가. 어쨌거나 그의 출현은 언제나 그런 식이었지. 그래서 중원무림이 무너질 정도의 위험은 없었어. 한데 자네와 내가 살고 있는 지금 시대에서 그게 깨졌네."

"은거를 하지 않았군요."

"그렇다네. 천하의 마두들과 비무행을 끝낸 후 곤륜산 깊은 골에 둥지를 틀고 뿌리를 내렸지. 백백교의 탄생이었네."

"그래서 기습을 했고요."

"세대를 뛰어넘어 전해지는 재앙일세. 평상시에는 치열하게 경쟁을 할망정 중원무림을 위협하는 일대 사건에 관한 한 우리는 문파를 초월해 힘을 합치기로 했네. 물론 그 사실을 아는 사람은 극히 일부에 불과했지. 다른 사람들은 그저 신생 마도 종파를 삭초제근하는 전쟁인 줄로만 알았지. 나도 그랬고."

"그 사실을 아는 사람은 몇 명이나 됩니까?"

"구대문파의 문주들, 오대세가의 가주들, 그리고 강호인들이 십패라고 부르는 열 개 문파의 패주들일세."

"구대문파에서도 수라마군의 귀환을 알고 있습니까?"

"명문대파는 하루아침에 이루어지지 않지. 또한 하루아침에 망하지도 않는다네. 지금은 십패의 시대라고 하지만 우리의 정보력은 여전히 그들을 넘지 못한다네."

알고 있다는 얘기다.

"하지만 움직이지 않는군요."

"움직일 이유가 없지. 아니, 움직일 수가 없지."

"어째서 그렇습니까?"

"십여 년 전 웬 미친 늙은이 하나가 일만 마병을 이끌고 대륙을 가로지른 적이 있었네. 그때 우리는 몸을 웅크린 반면 구대문파는 앞장서서 싸웠지. 그게 구대문파와 십패의 위치를 바꾸어놓아 버렸다네. 지금의 양상과 매우 흡사하지 않은가?"

"그렇게 단순한 이유로……."

"진리란 본시 단순명쾌하지. 물론 그 내면을 들여다보면 바깥에선 보이지 않는 복잡한 속사정이 있지만……."

"그렇다면 이번 일로 십패와 구대문파의 위치가 바뀔 수도 있겠군요."

석단룡은 목이 마르는지 자신의 앞에 놓인 술잔을 비웠다. 이어 살극달에게도 호리병을 들어 보이며 물었다.

"이제 한잔하겠나?"

살극달은 주저하지 않고 술을 받았다.

석단룡의 말이 이어졌다.

"그런 일은 없을 걸세."

"어째서 말입니까?"

"우리는 구백 년을 이어온 수라마군과 중원무림의 악연을 다음 대까지 물려줄 수가 없네."

"그 말은……."

"수라마군을 죽일 걸세."

"그게 가능합니까?"

"앞서도 말했지만 백백궁의 혈사 이후 우리는 계속해서 수라마군을 추격했지. 무려 육십 년이 걸렸어. 어떻게 꼬리를 잡았는지는 지난한 얘기이니 생략하기로 하지. 중요한 건 언제부턴가 그가 자하부를 노리고 있다는 걸 알아낸 것일세. 더불어 그를 따르는 몇몇 괴물들이 있다는 것까지도. 이번엔 절대로 실수가 있어선 안 되었지. 해서 우리는 한 사람을 그의 수하로 들여보내기로 했네."

"그가 엽사담이란 말입니까?"

"그 내막을 모두 설명해 줄 순 없지만 아주 정교하고 위험한 작전이었지. 강호의 내로라하는 지자 삼십 명이 모여 머리를 맞댄 끝에 얻은 결과라면 이해가 가겠나?"

이건 이해가 가고 안 가고의 문제가 아니었다.

살극달이 지금까지 본 것은 분명 그렇다고 말을 하고 있었다. 엽사담이 복면인들과 접선하는 것을 보지 않았는가. 또 석단룡의 사람인 조철건이 복면인들을 움직이는 것도 보지 않았는가.

눈앞의 모든 정황이 그렇다고 말을 하는데 믿지 않을 수가 없었다.

그럴 이유도 없었다.

그러나 살극달에겐 한 가지 더 중요한 게 있었다.

"내 의제들의 죽음에 당신들도 연관이 있습니까?"

"결과적으로 그런 셈이지. 엽사담의 행보에 우리가 음으로 양으로 관여를 한 것은 사실이니까. 수라마군의 신뢰를 얻기 위해서는 엽사담의 능력을 입증해야 했거든. 굳이 한마디 변명을 하자면 십패가 혈기대주를 죽이는 일에 직접적으로 관여하지는 않았다는 것일세. 언제부턴가 엽사담의 주변엔 수라마군의 수하들이 서성거렸고, 그때부턴 들키지 않기 위해 접선을 최대한으로 절제해야 했거든. 그 외 두 의제의 죽음에 관한 것도 마찬가질세. 그렇다고 해도 그 일에 대해 책임을 회피할 생각은 없네. 어쨌거나 엽사담은 우리 쪽 사람이니까. 우리가 어떻게 해주었으면 좋겠나? 미리 말하겠네만, 엽사담을 내놓으라고 하면 그건 불가능하네. 우리는 무슨 일이 있어도 엽사담을 보호해 줄 것이네."

"그런 일이 일어나지 않을 수도 있습니다."

"무슨… 뜻인가?"

"혈기대주를 죽인 건 엽사담이 아니었습니다."

"하면……?"

"엽사담이 혼원벽력검을 익힌 건 맞지만 혈기대주의 가슴에 난 낙뢰흔은 엽사담 따위가 만들어낼 수 있는 것이 아니었습니다. 완벽한 혼원벽력검을 구사하는 다른 누군가가 있습니다."

"수라마군……!"

석단룡은 잠시 침묵하더니 다시 말을 이었다.

"이런 상황에서 이런 말 하긴 좀 그렇지만 우리에겐 다행이라고 해야겠군. 덕분에 자네를 적으로 돌리지 않아도 되었으니 말일세."

"직접 손을 쓰지 않았을 뿐, 엽사담이 내 의제를 죽이는 일에 일조를 한 것은 사실입니다. 아직 다른 두 의제의 죽음에 관해서도 밝혀진 바가 없고."

"물론이지. 그것까지 부인할 생각은 없네. 그 일은 나중에 따로 경중을 따져보도록 하지. 어떤가?"

말인즉슨, 수라마군에 관련된 일을 해결하고 난 후 시시비비를 가려보자는 것이다. 석단룡의 말은 하나도 틀리지 않았다. 승낙의 일환으로 살극달은 화제를 돌렸다.

"엽사담이 간자였다면 수라마군이 이곳으로 올 거라는 걸 진작 알고 있었다는 얘기군요."

"물론일세."

"하면 제가 처음 그 소식을 전했을 때 왜 아무 말도 하지 않은 겁니까?"

"천년부호에서 수라마군을 만난 적 있지? 하지만 수라마군
은 어쩐 일인지 자네를 살려주었네. 그런 일은 한 번도 없었
지. 자네는 수라마군과 격돌하고도 목숨을 부지한 최초의 인
간일세."

"……?"

"어느 정도인지는 모르나 자네가 일정 부분 실력을 감추고
있다는 걸 알고 있었네. 하지만 자네가 제아무리 비범하다 한
들 수라마군은 혼자서 감당할 수 있는 자가 아니지. 수라마군
이 대사를 그르친 자를 살려줄 위인도 아니고."

"나를 의심했단 뜻입니까?"

"부인하지 않겠네. 비밀을 공유하기에는 자네에 대해 아는
게 너무나 적었어. 자넨 모르겠지만 자하부에 혈사가 일어난
시점부터 줄곧 우리는 모든 조직력을 동원해 자네와 검노라
는 인물에 대해 추적을 했네. 수라마군에게도 그랬겠지만 우
리에게도 두 사람의 등장은 그야말로 예상치 못한 변수였거
든."

"그래서 알아냈습니까?"

"어떨 것 같은가?"

석단룡은 빙긋 웃었다.

살극달은 석단룡이 자신의 정체를 알아냈다는 걸 직감

적으로 깨달았다. 중요한 건 그가 어디까지 알아냈느냐는 것이다.

"전쟁의 신 노룡이 이토록 젊은 사람일 줄은 정말 꿈에도 몰랐네. 더불어 혼세마왕 그 가공할 늙은이가 죽지 않고 살아 있을 줄이야……."

살극달은 놀라지 않았다.

언제까지 비밀로 할 수 있을 거라 생각하지 않았기 때문이다. 자신의 정체만 밝혀내면 그와 연관 지어 검노의 내력을 파헤치는 것도 어렵지 않았으리라.

"어찌하여 자네가 혼세마왕과 함께 다니게 되었는지는 묻지 않겠네. 어쨌거나 자네는 중원무림을 마도의 수중으로부터 지켜냈고, 그것만으로도 자네가 협의지사라는 건 충분히 입증이 되었으니까."

"내가 노룡이라는 걸 알고 있는 사람은 몇 명입니까?"

"현재로서는 내가 유일하네."

"정보를 물어다 준 사람들이 있을 텐데요."

"그들이 가져온 건 단지 정보일 뿐, 그것을 유추해 자네의 정체를 간파한 사람은 내가 유일하지. 하지만 십패의 패주들에게까지 비밀을 감출 수는 없네. 마도십병에 관련된 일부터 시작해 자네가 지금까지 알아낸 것들을 함구해 준다면 후로도 열 명 이상은 넘지 않을 거라고 약속할 수 있네. 구대문파와 오대세가를 제외하면 수라마군의 정체를 아는 사람의 숫자와 동일하지."

"혼세마왕이 나타났다는 걸 알고도 함구하겠다는 뜻입니까?"

"믿을지 모르겠지만 혼세마왕은 더 이상 우리에게 두려운 존재가 아니라네. 게다가 우리 쪽 아이들의 보고에 따르면 그는 완벽히 자네의 통제 아래 있다더군. 그러니 더더욱 염려할 필요가 없지."

석단룡은 전쟁의 신 노룡이라는 것만이 살극달의 비밀이라고 생각한 모양이었다. 하지만 그게 전부는 아니었다.

석단룡이 조금만 더 생각이 깊은 위인이라면 노룡이 누구인지를 파헤쳤을 것이다.

석단룡 그 자신의 말처럼 서른 안팎의 젊은 나이에 어찌하여 그처럼 대단한 지력을 지녔는지를 캐야 했다. 석단룡은 살극달 역시 수라마군처럼 불사의 존재라는 걸 까맣게 모르고 있었다.

"하면 대비책도 있겠군요."

"용봉지연은 그를 잡기 위해 만든 덫일세."

"……!"

이거야말로 기절초풍할 노릇이었다.

수라마군이 기습할 것도 모른 채 용봉지연을 펼친다고 한

심해했더니, 외려 용봉지연이 수라마군을 잡기 위한 덫이라니.

"보여줄 게 있네."

난감한 표정을 짓고 있는 살극달을 향해 석단룡은 가볍게 미소를 지어 보이더니 자리에서 일어났다. 살극달은 그를 따라나섰다.

*   *   *

군데군데 기둥을 제외하고는 이렇다 할 일체의 내부 구조물 없이 벽체만 세워놓은 건물은 내부가 텅 비어 있었다. 천장은 육 장은 족히 될 듯했고 넓이는 사방 이백여 평에 육박했다.

층을 나눌 요량이 아니라면 이토록 높은 천장의 건물을 만들 이유가 없다. 칸을 나눌 요량이 아니라면 이토록 넓게 지을 이유도 없다.

미곡을 쌓아두는 창고로 쓰기에도 적합하지 않다. 무엇보다 이렇게 큰 건물에 창문이 하나도 없었다.

그야말로 이상하기 짝이 없는 건물이었는데, 덕분에 빛이라곤 한 점도 들어오지 않았다. 벽체 곳곳에 걸린 횃불이 아니었다면 칠흑 같은 어둠이었을 것이다.

하지만 아주 텅 빈 것은 아니었다.

건물의 정중앙에는 일 장 정도 높이의 정사각형 단이 쌓여 있었다. 넓이는 대략 백여 평. 네 귀퉁이에는 강동석가의 문장이 그려진 황금 사자기가 꽂혀 있었다.

살극달은 저와 같은 구조물을 본 적 있다.

'비무대……!'

흡사 대연무장에 설치된 용봉지연의 비무대를 그대로 옮겨온 것 같았다. 초저녁까지만 해도 용봉지연이 펼쳐지던 비무대를 그새 이곳으로 옮겨왔을 리 없으니 분명 그것과 똑같은 다른 비무대일 것이다.

"이게 무엇입니까?"

살극달이 물었다.

석단룡은 대답 대신 한쪽을 바라보았다.

그러자 비무대의 뒤쪽으로 난 문을 통해 한 사람이 걸어나왔다. 구부정한 허리에 뾰족한 하관, 수염을 가슴까지 기른 노인은 얼핏 보기에도 팔순은 되어 보였다.

한눈에 보기에도 비범한 이력을 지닌 듯한 노인이었는데 그는 석단룡을 보자 공손하게 읍을 했다.

"준비를 마쳤습니다."

"시작하시오."

석단룡의 말이 끝나자 노인이 어딘가를 향해 고개를 끄덕였다. 그것을 신호로 괴이한 물건 하나가 걸어나왔다. 철판을 두들겨 만든 야릇한 철제 갑옷으로 머리부터 발끝까지 물샐 틈없이 무장을 했는데, 빈틈이라곤 새끼손가락만 한 눈구멍 두 개와 숨을 쉬기 위해 만든 입 언저리의 작은 철망이 전부였다.

철갑인은 그런 상태에서 한 손엔 검을 들었다. 걸음을 옮길 때마다 철컹거리는 소리가 났다.

저렇게 무식하게 무장을 하고도 동작이 제법 기민한 것을 보면 상당한 수준의 용력을 지닌 고수일 것이다.

대체 무얼 하려고 저러는 걸까?

철갑인은 계단을 타고 비무대 위로 올라갔다. 이어 정중앙에 버티고 서서는 주먹으로 자신의 가슴을 탕탕 쳤다.

쇳소리가 울리자 또 한 명의 괴인이 등장했다.

어깨에 큼지막한 마대자루를 짊어지고 있던 그는 앞서 철갑인이 그랬던 것처럼 계단을 타고 비무대로 뛰어올라가더니 마대의 입구를 풀어 안에 든 것을 사방에 쏟아놓았다.

와르르르……!

까맣고 동글동글한 그것은 삶은 콩이었다.

삶은 콩 특유의 비릿하면서도 고소한 냄새가 진동했다. 콩을 깔아둔 사내가 재빨리 돌아가자 이번엔 창고의 벽체에 구멍이 뻥 뚫렸다. 이어 엄청난 숫자의 날짐승이 한꺼번에 쏟아져 나왔다.

날개를 퍼덕이는 소리가 유난히 역동적인 그것은 비둘기 떼였다. 족히 백여 마리는 될 법한 비둘기가 깃털을 흩날리며 창고 안을 어지럽게 날아다녔다.

그러다 냄새를 맡았는지 철갑인이 있는 것도 개의치 않고 비무대 위로 모였다. 그러곤 삶은 콩을 바쁘게 쪼아 먹기 시작했다. 필시 지금을 위해 몇날 며칠 동안 굶긴 비둘기일 것이다.

"지금부터 눈을 똑바로 뜨고 보게. 아주 재밌는 구경을 하게 될 테니."

석단룡이 말과 함께 노인을 향해 고개를 끄덕였다. 노인이 가볍게 휘파람을 불자, 비무대 위 철갑인의 어깨가 잠시 솟았다가 꺼지기를 반복했다.

호흡을 가다듬는 것이리라.

그러다 어느 순간, 철갑인이 허리에 차고 있던 검을 뽑았다.

스르릉!

섬뜩한 쇳소리가 울려 퍼졌지만 비둘기 떼는 주린 배를 채우느라 정신이 없었다. 그때쯤 철갑인의 입구멍에선 허연 김이 펑펑 뿜어져 나왔다.

잔뜩 긴장하고 있는 것이다.

대체 무슨 일을 하려고 저러는지 모르지만 철갑인에게는 무척 위험한 일임이 틀림없었다. 이윽고 결심이 선 듯 철갑인은 검을 높이 들었다. 그리고 석단룡과 함께 나란히 서 있는 노인을 향해 고개를 끄덕였다.

노인이 허공을 향해 손을 힘차게 휘저었다.

흡사 무언가를 잡아당기는 듯한 동작이었는데, 과연 그의 손목엔 거미줄처럼 가느다란 천잠사가 감겨 있었다. 천잠사는 천장을 가로지른 대들보를 타고 비무대의 네 귀퉁이를 장식하고 있는 황금사자기의 하나와 연결되어 있었다.

깃발 하나가 허공을 향해 힘차게 솟구쳤다.

그때였다.

쿵!

엄청난 굉음과 함께 비무대의 상판이 흔적도 없이 사라졌다. 터지거나 쪼개진 것이 아니라 통째로 아래를 향해 꺼져버린 것이다.

폭발과 동시에 상판이 있던 허공은 정체를 알 수 없는 비늘로 번뜩였다. 천잠사에 끌려 올라간 것을 포함, 비무대의 네 귀퉁이를 장식하고 있던 황금사자기의 깃봉도 어느새 터져나갔다.

터져 나간 깃봉으로부터는 언제 튀어나왔는지 모를 시커

먼 줄기가 허공을 날고 있었다. 정체불명의 검은 줄기는 순식간에 사방으로 퍼지더니 백여 평에 달하는 비무대의 상공을 한 치의 빈틈도 없이 장악해 버렸다.

그건 그물이었다.

그물에 갇힌 비둘기 떼가 날개를 퍼덕이며 저항했지만 이미 빠져나갈 구멍은 없었다. 그물은 발버둥치는 비둘기 떼와 함께 조용히 아래로 사라져 버렸다.

비무대 위는 아무 일 없었다는 듯 고요했다.

모든 것이 그야말로 눈 깜짝할 사이에 벌어진 일이었다.

살극달은 두 눈이 휘둥그레졌다.

그리고 찰나의 순간이었지만 조금 전에 일어났던 일들을 조용히 복기해 보았다.

처음 일어난 사건은 비무대 상판의 낙하다.

그 속도가 너무나 빠른 것으로 미루어 두꺼운 철판으로 만든 것이 틀림없었다. 거기에 철갑인의 무게가 더해졌으니 상판이 벼락처럼 사라지는 것은 전혀 이상할 것이 없었다.

하지만 비둘기들은 달랐다.

바닥이 사라지는 순간 놈들은 반사적으로 비상했다. 백여마리의 비둘기 떼가 한꺼번에 허공으로 비상하는 광경은 매우 소란스럽고 어지러웠다.

그러나 비둘기들은 일 장을 날지 못했다.

바닥이 내려앉는 것과 동시에 비무대의 네 면으로부터 엄청난 숫자의 암기가 중앙을 향해 쏟아졌기 때문이다.

허공을 빼곡하게 뒤덮은 은빛 암기는 삽시간에 비둘기의 팔 할을 떨어뜨려 버렸다. 작은 은침 하나에 맥없이 떨어지는 걸 보면 맹독이 발라져 있는 게 분명했다.

가까스로 은침세례를 피한 일부 비둘기들은 이제 하늘에서 떨어지는 그물에 갇혔다. 묵직하게 내려오는 무게감을 보면 강사를 꼬아 만든 것이 틀림없고, 곳곳에서 섬뜩한 은빛이 번쩍인 걸 보면 그물코마다 독침을 박아둔 것이 분명했다.

폭발은 분명 한 번만 일어났다.

하지만 기관은 세 개가 동시에 작동했다.

즉, 비무대의 상판이 꺼지고, 암기가 쏟아지고, 오 장 높이의 깃봉이 터져 그물로 허공을 덮어버리는 일련의 과정이 하나의 기관에 의해 움직였다는 말이다.

결국 철갑인은 아래로 꺼져 버렸고, 비둘기는 단 한 마리도 살아서 도망가지 못했다.

새의 반응이란 쏜살과도 같다.

그런 새조차 불과 삼 장을 날아가지 못했다면 천하의 누구도 저 기관 함정을 벗어나지 못하리라.

엄청난 무위를 지닌 고수가 있었다고 치자.

그는 우선 자신의 무게를 지탱하고 있던 발판이 사라지는 것을 느끼고 바닥을 박찰 것이다. 그 반응 속도가 귀신처럼 빨라 아래로 곤두박질치는 것을 피했다고 치자.

하지만 이번엔 사방에서 쏟아지는 암기세례를 막아야 한다. 도약과 동시에 어디 한 군데 발붙일 곳 없는 체공 상태에서 수천 발의 암기를 어떻게 피할 것인가.

이쯤 되면 그야말로 죽는 수밖에 없다.

하지만 그가 전설상의 허공답보를 펼칠 수 있는 무적의 고수라고 치자. 그래서 바닥이 사라지는 것도 피했고, 암기도 피했다고 치자.

그러나 이제는 머리 위에서 떨어지는 수백 개의 독아가 달린 쇠 그물을 상대해야 한다. 칼질을 통해 그물을 찢고 달아날 생각을 해보겠지만 이 정도의 정교한 기관을 설치한 사람들이 그런 걸 고려해 두지 않았을 리가 없다.

그물은 절대 찢어지지 않을 것이며, 사냥감을 옭아맨 다음 조용히 바닥으로 떨어지리라.

결국 그가 살아남는 길은 그물에 갇혀 떨어지는 순간 얼마나 민활한 동작으로 독침을 피하는가 하는 것이다.

살극달은 재빨리 비무대의 가장자리로 뛰어올라 갔다. 철갑인과 비둘기가 사라져 간 아래를 보는 순간 살극달은 다시한 번 얼굴을 굳혔다.

함정은 끝난 게 아니었다.

애초 비무대의 높이는 바깥에서 볼 때 대략 삼 장 정도였다. 하지만 상판이 사라지고 난 지금 위에서 보는 깊이가 수십 장은 족히 되었다. 비무대는 수직으로 뚫린 땅굴 위에 설치되었던 것이다.

거기 아래에 온몸이 난자당한 채 죽어 있는 비둘기 떼가 있었고, 암기로 말미암아 곳곳에 생채기를 입은 철갑인이 그물에 걸려 꿈틀거리고 있었다.

이렇게 되면 용케 지상의 기관장치 세례를 피해 목숨을 부지했다고 쳐도 곧장 지하로 떨어져 꼼짝없이 사로잡히게 된다.

천하의 누구라도 이런 함정을 피할 수는 없다.

필시 석단룡의 곁에 있는 저 노인의 솜씨일 것이다. 살극달은 그제야 노인의 정체를 간파했다.

인간 심리의 빈틈을 교묘히 이용하면서 동시에 이토록 정교하고 위험한 기관진을 설치할 수 있는 사람은 하늘 아래 단 한 명밖에 없기 때문이다. 거기에 '그' 일맥만이 할 수 있는 몇 가지 유형적 특징이 있었다.

'십지신수 여일몽……!'

여일몽을 직접 본 것은 오늘이 처음이다.

하지만 살극달은 그의 사부와 제법 인연이 있었다. 물론 여일몽은 그 사실을 모르겠지만 말이다.

"만겁윤회로(万劫輪廻爐)라는 기관진일세. 여기 있는 여 노사께서 십수 년에 걸쳐 설계를 하고 만든 것이지. 자하부의 기관진도 여 노사가 만든 것일세."

석단룡의 칭찬에 고무된 노인이 살짝 허리를 숙여 보였다.

석단룡의 말처럼 사왕검을 보관해 둔 자하부의 암동 역시 여일몽의 솜씨였다. 그 기관진을 살극달이 모두 부수었다는 것 역시 여일몽은 까맣게 모를 것이다.

석단룡의 말이 계속 이어졌다.

"이곳에 비무대를 설치해 놓고 수십 번이나 실험을 했네. 인간이 취할 수 있는 모든 동작과 반응, 돌발 상황을 점검한 끝에 마침내 완성했지. 천하의 어떤 고수라도 뼈와 살로 이루어진 이상 만겁윤회로를 빠져나갈 수는 없네."

"세상에 완벽한 함정이란 없습니다."

살극달의 한마디에 석단룡이 뒤를 돌아보았다.

누구보다 놀란 사람은 만겁윤회로를 만든 당사자인 여일몽이었다. 그가 두 눈을 부릅뜨며 물었다.

"무슨 뜻이오?"

무슨 뜻이냐고 물었지만, 그가 정작 하고 싶은 말은 '네 까짓 게 뭘 안다고 그러느냐?'였을 것이다.

하지만 살극달은 여일몽이 말한 기관진의 빈틈에 대해 말하려는 것이 아니었다. 살극달이 말하려 했던 것은 보다 근본적인 상황에 관한 문제였다.

살극달은 석단룡을 돌아보며 물었다.

"그가 비무대에 오를 것으로 생각합니까?"

"그럴 것이네."

"어찌하여 그렇습니까?"

"무림대회가 열리길 기다리는 이유가 무엇이겠나? 그는 많은 사람 앞에서 자신의 무력을 선보임과 동시에 중원무림을 향해 전쟁을 선포하려 할 것일세. 그러기엔 용봉지연의 비무대만 한 것이 없지."

"마도십병을 회수하려는 것이 아니었던가요?"

"같은 말이네. 육십여 년이나 지난 지금에 와서야 마도십병을 회수하는 이유가 결국엔 중원 일통을 향한 여정 중의 하나인 것이지."

석단룡은 자신있게 말했다.

마도십병의 회수가 수라마군의 마지막 목표가 아니라는 것은 살극달도 동의했다. 하지만 그게 전부는 아니라는 것이 살극달의 생각이었다.

수라마군이 비무대에 오를 것을 확신하느냐고 물은 것은 바로 그 지점에 대해 떠보기 위함이었다. 능구렁이 석단룡은 가볍게 피해 버렸지만.

"제게 이걸 보여준 이유가 무엇입니까?"

"거래를 함세."

"손을 잡자는 말입니까?"

"자네와 우리는 공통점이 있지. 바로 수라마군을 공동의 적으로 두었다는 것. 전쟁의 신과 십패가 손을 잡으면 천하에 두려울 것이 없지. 상대가 수라마군이라고 해도 말일세."

살극달은 선뜻 대답하지 않았다.

석단룡의 의중을 파악하기 위해서였다. 하지만 몇 마디 말로 저 늙은 구렁이의 의중을 모두 파악할 수는 없었다. 지금으로선 가장 가능한 쪽을 선택하는 수밖에 없었다.

"조건이 있습니다."

"말해보시게."

"거사가 끝나면 수라마군을 산 채로 제게 넘겨주십시오."

"아주 곤란한 조건이군."

석단룡은 정말로 난감한 기색을 띠었다.

적어도 그의 이런 표정만큼은 진심이었다.

오랫동안 추격해 온 수라마군을 가까스로 잡은 다음 살극달에게 조건 없이 넘겨줄 수는 없는 일이었다. 살극달 역시 그걸 알면서도 무리한 요구를 해본 것이다. 물론 끝까지 우길

생각은 아니었다. 협상은 어디까지나 크게 부르고 작게 양보
하면서 시작하는 법이니까.

"하루의 시간 동안 수라마군과의 독대를 허락하지."

"좋습니다."

第九章
장자이의 도발

비무대가 설치된 수림은 이른 아침부터 구경꾼들로 북새통
을 이루었다. 최종 우승자를 가리는 비무는 시작도 하지 않았지
만 좋은 자리를 미리 맡아두려는 사람들이 부산을 떤 탓이다.

물론 그 와중에도 영향력있는 문파와 고수들에게는 석가
장이 마련한 특별석이 주어졌다.

석단룡은 살극달에게도 사람을 보내 귀빈석을 마련해 두
었음을 알려왔다.

오공녀인 조빙빙을 근거로 자하부를 대접하는 형식을 취
했지만, 실상은 살극달 일행을 자신들의 영향력 아래에 두겠

다는 속셈이었다.

살극달은 굳이 사양하지 않았다.

더는 신분을 숨길 이유가 없기 때문이었다.

자하부의 귀빈, 즉 살극달 일행을 위해 마련된 귀빈석은 비무대의 서쪽 십패의 후기지수들이 모여 있는 커다란 차양 아래였다.

십패의 패주들을 비롯해 문파의 존장들이 나란히 앉아 있는 동쪽의 상석이 아닌 것은, 조빙빙이 비록 자하부를 대표한다고는 하나 문파의 존장들과 어깨를 나란히 하고 앉히기에는 아무래도 부담이 되었던 모양이다.

그 점이 살극달 일행에게는 오히려 편했다.

귀빈석에 들어서자 저만치 앉아 있던 제운학, 석일강, 석부용 등이 자리에서 일어나 포권을 해왔다. 특히 제운학은 사람들에게 둘러싸여 있는 탓에 자리를 옮기지 못하는 것이 애석하다는 표정을 지었다.

그들 외에도 용 같고 범 같은 후기지수들이 여러 명 있었다. 살극달과 검노 등에게는 모두 생소했지만 조빙빙과는 안면이 있는지 멀리서나마 수인사를 주고받았다.

"여기입니다. 필요한 게 있으시면 언제든 사람을 부르십시오."

조철건이 사각의 탁자를 가리키며 말했다.

그의 말처럼 멀지 않은 곳에 한 사람이 대기하고 있었다. 시중든다는 명목이지만 그 역시 실상은 감시를 하려는 것이다.

검노가 그 점을 꼬집었다.

"허튼수작하지 말고 치워라."

조철건은 잠시 망설이는 듯하더니 이내 수하를 향해 턱짓을 했다. 그의 수하가 가볍게 고개를 끄덕이고는 사라졌다. 조철건도 뒤를 이었다.

"어떻게 된 거야?"

조철건이 사라지고 난 뒤 검노가 살극달에게 물었다. 어젯밤, 정확하게는 오늘 새벽 석단룡과 헤어진 살극달이 거처로 돌아왔을 때는 이른 아침이었다. 일행은 옷을 차려입은 채 살극달을 기다리고 있었다.

살극달은 조철건과 함께였다.

그때부턴 조철건을 의식하느라 달리 대화를 나눌 수가 없었다. 그리고 지금, 궁금함을 참지 못한 검노가 그간의 사정을 묻고 있었다.

다른 사람들의 시선도 모두 살극달을 향해 있었다. 대체 어떻게 된 건지 궁금해 죽겠다는 표정들이었다.

하지만 살극달은 외려 장자이에게 질문을 했다.

"지금까지 세 번의 용봉지연을 치르는 동안 죽은 십패의

후기지수들이 모두 몇 명이라고 그랬지?'

장자이는 눈알을 또록또록 굴리더니 대답했다.

"여섯 명이죠."

"여섯 명이 죽어나가는 동안 보이지 않게라도 십패 사이에 충돌이 일어난 적이 있나?'

장자이는 좀 더 오랜 시간 생각을 하다가 대답했다.

"이런저런 일로 으르렁거린 적은 있지만, 그 건이 문제가 되어 격돌한 적은 없는 것 같은데요."

"어째서지?'

"십패의 후기지수들끼리 비무를 치렀다가 죽어나간 사람 은 없기 때문이죠."

대답을 한 사람은 조빙빙이었다.

살극달과 장자이의 시선이 동시에 조빙빙을 향했다.

살극달이 물었다.

"녹류산장의 후기지수가 이천풍에게 죽었다고 하지 않았 소?'

"저도 깊은 속내는 모릅니다. 용봉지연에 참가한 적이 없 는데다 그때의 일은 어쩐 일인지 사부께서 일절 언급하지 않 으셨기 때문이죠."

"그렇군……."

"갑자기 그건 왜 묻는 거죠?'

살극달은 대답은 않고 무심한 표정으로 고개만 끄덕일 뿐
이었다. 영문을 알 수 없는 사람들은 그저 살극달의 얼굴만
뚫어지게 바라보았다.

참다못한 검노가 버럭 물었다.

"간밤에 무슨 일이 있었느냐니까!"

"석가주를 만나고 왔습니다."

"석가주?"

검노가 놀란 눈을 치켜떴다.

다른 사람들 역시 매우 놀란 눈치였다.

사람들은 한차례 시선을 나눈 후 다시 어미를 기다리는 어
린 새처럼 살극달을 바라보았다.

장자이가 다시 물었다.

"하면 서신을 보낸 사람이 석가주였나요?"

"아니. 서신을 보낸 사람은 따로 있어."

"그럼 관제묘에서 기다린 사람이 석가주였어요?"

"아니, 관제묘에서는 아무도 기다리지 않았어."

"……?"

"……?"

"……?"

조빙빙, 장자이, 매상옥은 답답해 죽겠다는 얼굴이었다. 검
노가 그들 세 명을 대표해 자신의 가슴을 탕탕 치며 말했다.

"어이구 속 터져."

살극달은 피식 웃고는 관제묘에 있었던 일에 대해 천천히 설명을 했다.

이야기를 모두 듣고 난 사람들은 그야말로 어리둥절한 표정들이었다. 특히, 엽사담 이야기가 나왔을 때는 기절초풍할 듯한 표정을 지었다.

"그러니까, 엽사담이 수라마군을 배신하고 그동안 복면을 쓴 자들에게 정보를 흘렸고, 복면을 쓴 자들은 석가장의 무사들이었단 말이죠?"

장자이가 간단하게 상황을 요약 정리한 다음 다시 물었다. 아무래도 쉽게 믿기지 않는 모양이었다. 하긴 쉽게 믿을 수 없는 이야기였다.

"현재로선 그렇지."

"맙소사. 엽사담이 그런 간 큰 짓을 했을 줄이야."

"그러면 그렇지. 한 번 배신한 놈이 두 번 배신 안 하겠어? 생긴 것부터가 재수없더라니, 내 그럴 줄 알았다니까."

장자이의 말에 매상옥이 모처럼 맞장구를 쳤다.

두 사람이 엽사담의 행각에 놀라고 있을 때 조빙빙은 좀 더 핵심적인 것에 생각이 미쳤다.

"그렇다면 석가장은 수라마군의 존재를 알고 있었다는 말이잖아요."

"그렇소."

사람들은 하나같이 뜨악했다.

하지만 살극달의 이야기는 그게 전부가 아니었다.

십패는 수라마군이 올 것을 알고 있었음은 물론, 용봉지연은 그를 잡기 위한 덫이라는 대목에 이르자 사람들의 표정은 더할 수 없이 사색이 되었다.

한동안 침묵이 이어졌다.

무슨 말을 어떻게 해야 할지 몰라 다들 어리둥절해할 때 조빙빙이 다시 물었다.

"한데 왜 그것을 숨기고 있었죠?"

"석단룡의 말대로라면 우리를 믿지 못해서였소."

"당신의 생각은 다르다는 건가요?"

"엽사담과의 접선을 내게 들켜서겠지."

"무언가 숨기는 게 있다는 말이군요."

"그들은 내가 의제들을 죽인 흉수로 엽사담을 지목해 추격한다고 생각했소. 과거 그들은 엽사담을 수라마군의 휘하로 침투시킬 때 신망을 받을 수 있도록 음으로 양으로 개입을 했는데, 그 과정에서 혈기대주가 죽었고, 그 덕에 자신들의 정체가 밝혀지면 나의 분노가 자신들을 향할 것이라 생각하고 있었소."

장자이와 조빙빙도 이제 하원일을 죽인 흉수가 엽사담이

아니라는 걸 알고 있었다.

"왠지 당신을 두려워하는 듯한 느낌인데요?"

"그들은 내가 노룡이라는 것을 알고 있었소. 더불어 검노가 십여 년 전 대륙을 가로지른 혼세마왕이라는 것도."

살극달의 이 말은 지금까지의 말보다 한층 낮았다. 장자이, 매상옥, 조빙빙은 얼굴이 딱딱하게 굳었다.

하지만 세 사람이 놀라는 이유는 제각각 달랐다.

첫 번째, 이미 살극달과 검노의 정체를 알고 있는 조빙빙은 그것을 알아낸 석가장의 놀라운 정보력에 감탄했다.

두 번째, 살극달이 노룡이라는 것까지만 알고 있었던 장자이는 검노가 십여 년 전 대륙을 떠들썩하게 만든 전설의 괴물 혼세마왕이라는 사실에 전율이 짜르르 흘렀다.

이런 전개는 정말 상상도 못했다.

평생을 은거하느라 도통 세상 물정을 모르는 푼수덩이 괴노인인 줄 알았더니, 일만마병을 호령하던 거물일 줄이야. 살극달이 검노를 종복으로 부리게 된 사정도 이제야 이해할 수 있을 것 같았다.

세 번째, 살극달이 그 유명한 전쟁의 신 노룡이라는 것도 모르고, 검노가 일만마병과 함께 대륙을 떨어 울린 무적의 고수 혼세마왕이라는 것도 몰랐던 매상옥은 사지를 달달 떨었다.

입안이 바싹바싹 마르고, 심장은 쿵쿵 뛰었으며, 몸에서 핏기가 동시에 빠져나가는 것 같았다.

어찌하여 자신이 이런 사람들과 어울리게 되었는가, 어찌하여 혼세마왕의 종복이 되었는가를 생각하니 머릿속이 하얘지며 현기증까지 났다.

정작 엄청난 폭탄을 던진 장본인인 살극달은 아무 일 없었다는 듯 태연하게 술을 마셨다.

"그럼 서신은 누가 보낸 거냐?"

갑자기 검노가 물었다.

사람들이 정신을 번쩍 차렸다.

워낙 놀라운 내용들이 연이어 터지는 바람에 미처 생각을 못했는데 검노가 정곡을 찔렀다. 역시 경험은 어쩔 수 없었다.

하지만 살극달이 대답을 할 여유는 주어지지 않았다. 저만치 앉아 있던 제운학이 석가 남매와 함께 자리를 옮겨왔기 때문이었다.

"합석을 해도 되겠습니까?"

제운학이 물었다.

형식적으로나마 자하부를 대표하고 있으니 서열로 따지자면 조빙빙이 윗사람이었다. 나이로 따져도 검노가 윗사람이었다. 하지만 제운학의 얼굴은 살극달을 향하고 있었다.

살극달이 무리의 좌장이라는 사실을 은연중에 알고 있었기 때문일까? 아니면 달리 들은 말이 있기 때문일까?

작은 일이었지만 살극달은 대수롭게 넘기지 않았다. 제운학은 분명 간밤에 일어난 일에 대해 알고 있었다.

"그러시오."

살극달이 답했다.

"그럼."

제운학을 시작으로 세 사람이 저마다 자리를 차지하고 앉았다. 우연의 연속인지 이번에도 제운학과 석부용이 각각 조빙빙과 살극달의 맞은편에 앉았다.

세 사람이 좀 전까지 앉아 있던 자리에서는 그들과 어울리던 명문대파의 후기지수들이 살극달 일행을 주시하고 있었다.

그들 중에는 구담도 있었다.

"신경 쓸 거 없어요."

석부용이 말했다.

그녀의 시선은 살극달을 향하고 있었다.

"신경 쓰지 않소."

"그럴 거라 생각했어요."

석부용은 말갛게 미소를 지어 보였다.

그 모습을 보며 장자이는 속으로 어금니를 꽉 깨물었다.

"잠자리는 불편하지 않았어?"

제운학이 조빙빙을 바라보며 물었다.

작은 것까지 챙기는 모습이 꼭 연인 같았다. 조빙빙은 어쩐지 계속해서 살극달의 눈치를 살피게 되었다.

"그건 석가장 사람인 내가 물어야 할 말 아니오?"

석일강이 가볍게 면박을 주었다.

"그런가?"

"그럼. 관심도 그 정도면 병이오."

"하하하, 이거 듣고 보니 그렇기도 하구려."

제운학은 머쓱한 듯 뒤통수를 벅벅 긁었다. 그러면서도 조빙빙을 향한 시선을 떼지 않았다. 그녀가 아직 대답을 주지 않았기 때문이다.

그런 모습이 어찌 보면 한없이 순박해 보였지만, 또 한편으로는 마음을 준 연인 앞에서 쩔쩔맬 수밖에 없는 사내의 진정성을 보는 것 같기도 했다.

장자이는 이제 확신했다.

'이 남자, 오공녀에게 딴마음이 있다.'

비단 장자이뿐만이 아니라 자리에 모인 사람들 모두가 제운학의 속내를 눈치챌 수 있었다. 이렇게 여러 번 구애를 하는데 바보가 아닌 이상 모를 리가 없었다.

검노와 매상옥은 뜨뜻미지근한 얼굴로 조빙빙을 바라보았

다. 사람들의 시선이 부담스러웠던 조빙빙은 다소 건조한 음성으로 대답했다.

"괜찮았어요."

"다행이네."

"그보다 오늘은 사람들이 유독 많네요."

"아무래도 마지막 날이니까."

제운학은 살극달에게도 한마디를 건넸다.

"우형도 출전을 했더라면 좋을 터인데, 아쉽게 되었습니다."

살극달은 가볍게 입꼬리를 올리는 것으로 대답을 대신했다. 그것에 대해선 별로 할 말이 없다는 뜻이었다. 분위기가 어색해지자 조빙빙이 제운학을 향해 말했다.

"오라버니도 꼭 우승하기를 바라요."

"빙빙이 응원을 해준다니 꼭 이겨야겠는걸."

"밥은 석가장 밥을 먹고 응원은 제검성의 후기지수에게 보내는 겁니까? 이거 섭섭한데요."

석일강이 말했다.

"석 공자께서도 출전을 하시나요?"

"이것 보라지. 제 형은 말하지 않아도 출전한다는 걸 알고 있으면서 나는 까맣게 모르다니. 여하튼 사내란 잘생기고 봐야 한다니까."

은근히 두 사람을 엮는 얘기였다.

말대로라면 조빙빙이 역시 잘생긴 제운학에게 은근히 관심이 있었다는 것인데, 사실 제운학이 용봉지연의 마지막 날에 출전하리라는 것은 누구나 짐작할 수 있었다.

이번 대회의 가장 유력한 우승후보가 출전하지 않으면 누가 하겠는가.

하지만 조빙빙은 애써 변명을 하지 않았다.

눈치로 보아 작심하고 분위기를 이끄는 것 같은데, 이런 상황에선 어떤 말을 해도 꼬리를 물고 늘어질 게 뻔했다.

그런 조빙빙의 모습이 안타까웠는지 장자이가 끼어들었다. 그녀가 잘생긴 제운학을 향해 물었다.

"이번엔 누가 이길 것 같아요?"

"글쎄요."

"겸손하시네요."

"속으론 나라고 생각한다는 뜻이오?"

"무인이라면 응당 기백이 있어야죠. 자신만만한 게 흠도 아니고."

"하하, 나도 그러고 싶지만, 이번 대회는 워낙 출중한 후기지수들이 많이 보여서 말이오. 게다가 강호에 떠도는 소문과 달리 난 그리 대단한 인물이 아니라오."

"어쨌거나 십패의 후기지수들은 모두 출전하겠죠?"

"아마도 그럴 것 같소."

"뜻밖이네요."

"뭐가요?"

"용봉지연의 결승전은 피가 낭자하기로 유명하다던데, 이제 곧 목숨을 걸고 싸워야 할 사람들이 이렇게 한자리에 모여 화기애애한 분위기를 연출하고 있으니 말이에요."

제운학 등이 좀 전까지 어울리던 사람들은 분명 십패의 후기지수들이었다. 명문대파의 사람들이 섞여 있기는 했지만 주축은 십패의 후기지수들이었다.

장자이는 바로 그것을 꼬집은 것이다.

제운학은 속내를 알 수 없는 표정이었고, 석일강은 살짝 얼굴이 굳었다.

"아마도 우리가 위선적인가 보죠."

석부용이 말했다.

그녀는 농담을 하듯 가볍게 받아넘겼다. 쉽게 속사정을 털어놓지 않겠다는 뜻이었다.

녹록지 않은 여자였다.

석부용이 녹록지 않다면 장자이는 무모했다.

"혹시 당신들끼리는 미리 승부가 난 거 아니에요?"

"무슨… 뜻이죠?"

"미리 입을 맞춘 거 아니냐는 말이죠."

석부용의 얼굴에서 웃음기가 싹 가셨다.

석일강도 얼굴을 와락 구겼다.

오직 제운학만이 여전히 속을 알 수 없는 얼굴로 가볍게 웃고 있었다.

"왜 그렇게 생각하는 거죠?"

석부용이 물었다.

목소리는 어느새 싸늘하게 식어 있었다.

"그렇잖아요. 세 번의 용봉지연이 벌어지는 동안 제법 많은 사람이 죽었지만, 그 일로 십패가 서로 원수가 되었다는 얘긴 못 들어봤거든요. 곰곰이 생각해 보니 그 이유가 십패의 후기지수들끼리 격돌한 비무에선 살인이 난 적이 한 번도 없더란 말이죠."

장자이의 한마디는 많은 것을 내포하고 있었다.

무릇 무림의 문파란 평소엔 전쟁을 방불케 하는 싸움을 벌이면서도 공동의 이익에 위해를 가하는 일에 대해서는 무섭도록 똘똘 뭉치는 습성이 있었다.

그게 무림문파의 존장들이 보통 사람들과 구분되는 비범함이다. 하나의 무맥이 문파로 성장하는 데는 그만한 이유가 있는 것이다.

하지만 십패와 용봉지연은 좀 달랐다.

그들이 수라마군에 대적하기 위해 하나로 뭉쳤다면 이후

의 싸움은 멈춰야 한다. 공동의 적이 나타났는데 자기들끼리 피를 흘리며 싸울 여유가 어디에 있는가.

하지만 십패는 뭉쳤으면서도 용봉지연의 비무대회를 통해 계속해서 서로를 죽였다.

이상하지 않은가?

장자이는 바로 그 지점을 꼬집었다.

가령, 십패가 용봉지연을 벌이면서도 미리 승부를 조작해 놓았다면? 그리하여 최소한 자기들끼리는 피를 흘리지 않도록 입을 맞추었다면?

그렇다면 죽은 여섯 명은 어떻게 된 것인가?

하늘 아랜 십패만 있는 것이 아니다.

용봉지연은 흑백을 가리지 않으니 흑도와 정도의 내로라 하는 고수들이 배출한 후기지수 또한 얼마든지 있을 수 있었다. 십패의 후기지수들이 모든 싸움을 석권할 것이라는 발상 자체가 황당한 것이다.

따라서 여섯 후기지수의 죽음은 십패도 예상치 못한, 아니, 예상한 범위 내의 사고였을 것이다.

이 얘기를 조금 확대하자면 십패가 구주를 나누어 가진 후 에도 전쟁을 방불케 하는 싸움을 음으로 양으로 펼쳤다는 것 조차 진짜가 아닐지도 모른다.

그들이 싸우는 건 구대문파와 오대세가를 견제하고 강호

인들로부터 의심을 피하기 위한 술책일 뿐, 실제로는 정교하게 짜인 각본 속에서 일어난 연극일 수도 있었다.

장자이는 아마도 그렇게 깊은 사정까지 헤아리지 못하는 듯했다. 그렇기에 저렇게 뻔뻔하게 물을 수 있는 게 아니겠는가.

"황당하기 짝이 없는 말을 하고 있군요."

석부용이 말했다.

"그런가요?"

"두 번째 용봉지연에서 지금은 죽고 없는 자하부의 일공자 이천풍이 녹류산장의 셋째 아들 구옥을 상대로 삼백여 초식을 싸운 끝에 죽인 사건은 지금도 유명하죠. 그건 자하부의 오공녀가 이 자리에 계시니 직접 물어보면 잘 알겠죠."

석부용이 말끝에 화살을 조빙빙에게로 돌렸다.

하지만 살극달 일행 중 누구도 조빙빙에게 시선을 돌리지 않았다. 그 얘긴 전날 도문에서 다른 누구도 아닌 장자이에게 이미 들어서 알고 있기 때문이었다.

"그러니까 더 이상하죠?"

장자이가 말했다.

"뭐가 말인가요?"

"귀주의 자하부와 산서의 녹류산장은 그야말로 대륙의 남쪽 끝에 있는 문파와 북쪽 끝에 있는 문파예요. 상권도 겹치지 않는데다 용봉지연이 아니면 따로 조우할 일이 없으니 굳이 은원을 질 게 없죠. 그런데도 왜 그렇게 죽으라고 싸웠을까요?"

장자이의 말은 조금 과장된 면이 있었다.

자하부와 녹류산장이 멀리 떨어져 있기는 해도 대륙의 남쪽 끝과 북쪽 끝에 있지는 않았다. 하지만 이런 과장은 굳이 은원이 없는데 사생결단을 낼 필요가 있었느냐는 내용에 묻혔다.

"녹류산장은 가풍이 엄해 패배를 용서치 않는다고 하더군요. 그에 구옥이 무리하게 승부에 집착했고, 그 결과로 불상사가 발생할 수도 있었죠."

"그러니까 이상하죠. 그렇게 승부에 집착을 하는 녹류산장이 어째서 다른 문파들과는 말썽이 생기지 않았을까요?"

석부용이 온실 속에서 자란 난초라면 장자이는 야생에서 자란 들꽃이었다. 강호의 경험이 적은 석부용에게 장자이는 말로써 이길 수 있는 상대가 아니었다.

"대체 하고 싶은 말이 뭐죠?"

석부용의 목소리가 한층 날카로워졌다.

"제 생각에, 그날 이천풍과 구옥의 대결은 계획에 없던 일종의 돌발상황 같아요. 그래서 진짜 승부가 난 것이죠. 아니면 모종의 이유로 이천풍이 사람들에게 미움을 샀던지."

돌발상황일지도 모른다는 건 물타기였고, 장자이가 정작 하려는 말은 애초부터 이천풍을 죽이려는 의도가 있지 않았 냐는 것이었다.

석부용이 그걸 알아보지 못할 리 없었다.

장자이의 거침없는 도발에 석부용의 얼굴은 붉으락푸르락 해졌다. 석일강은 두 주먹을 부르르 떨기까지 했다.

살벌한 기류가 순식간에 주변을 에워쌌다.

"하하하!"

갑자기 웃음을 터뜨린 것은 제운학이었다.

사람들의 시선이 일제히 제운학을 향했다.

"왜 그렇게 웃으시는 거죠?"

장자이가 떨떠름한 표정으로 물었다.

제운학은 가까스로 웃음기를 거두고는 말했다.

"실례했습니다. 실은 소저의 생각이 너무나 엉뚱하여 그 만."

"어디가 그렇게 엉뚱한가요?"

제운학은 선뜻 대답을 하지 않고 술잔을 빙빙 돌리면서 생 각에 잠겼다. 이걸 어떻게 설명을 해야 잘 알아들을 수 있을 까 고민하는 얼굴이었다.

이윽고 그가 입을 열었다.

"고인들의 명예를 지켜주기 위해 끝까지 비밀로 하려 했지만, 이렇게까지 오해를 하시니 밝히지 않을 수가 없구려."

"……?"

"실은 녹류산장의 장주 뇌천자 구적산과 자하부의 부주 뇌정신군 독고정은 오래전부터 사이가 좋지 않았소. 그 옛날 두 분이 강호를 종횡하던 시절 뇌정신군께서 뇌천자의 무공 비급 하나를 훔쳤다는 설이 있긴 한데, 그거야 우리 같은 후기지수들은 확인한 바 없으니 진의를 논할 자격이 없는 거고, 여하간 두 분의 사이가 냉랭했던 것만은 사실이오. 그리고 그 냉랭한 대치는 제자들에게까지 이어졌지. 이제 이해가 되었소이까?"

제운학은 확인한 바 없으니 우리에겐 진의를 논할 자격이 없다고 했지만, 실상은 그것 때문에 사이가 좋지 않았다는 말의 다름 아니었다.

뇌정신군이 뇌천자의 비급을 훔쳤다니.

바로 그 뇌정신군을 사부로 모신 자하부의 제자 조빙빙에게는 그야말로 모욕이나 다름없는 말이었다.

조빙빙은 얼굴이 시뻘게졌다.

하지만 적극적인 반론을 펴지도 못했다.

그녀 역시 그런 소문을 언젠가 들은 적이 있기 때문이었다. 지금에 와서 그 얘길 다시 꺼내봤자 스승에 대한 불경죄만 더해질 뿐이었다.

조빙빙이 곤란해하는 기색을 읽은 장자이가 서둘러 화제를 돌렸다.

"하면 십패의 후기지수들끼리 격돌한 비무에선 한 번도 살인이 난 적 없는 것은 어떻게 설명할 건가요?"

"먼저 바로잡아야 할 것이 있소. 비무에서 사람이 죽어나가는 건 살인이 아니오. 그건 죽은 자와 승자 모두에게 모욕이오."

장자이가 당황해 어쩔 줄을 몰랐다면 대화의 주도권은 순식간에 제운학에게로 넘어갔을 것이다. 하지만 장자이는 당황하지 않았다. 즉각 반론을 펼치지도 않았다. 그녀는 갑자기 자리에서 일어나더니 제운학과 석부용, 석일강을 향해 공손히 포권지례를 했다.

"그건 확실히 제가 실수했군요."

필요 이상으로 과장된 행동이었다, 오히려 놀리는 게 아닌가 싶을 정도의.

그래서 석일강과 석부용의 얼굴은 똥물을 뒤집어쓴 것처럼 더욱 일그러졌다.

제운학은 이런 상황에서도 끝까지 평정심을 잃지 않았다. 그가 천천히 말을 이어나갔다.

"말인즉슨 일부러 져주지 않았냐는 것인데, 그건 정말 억울한 말씀이오. 무인이란 자존심에 죽고 사는 부류들이오. 특히 십패의 후기지수들이라면 누구보다 자존심이 강하고 야망이 크지. 특히나 용봉지연에서의 승패는 개인적인 영달을 떠나 가문의 명예와도 직결되는 문제요. 그런 사람들이 만인이 지켜보는 앞에서 일부러 져준다는 발상을 할 수 있다는 것부터 신기하구려."

"거래의 원칙을 잘 모르시는군요. 하나를 취하면 하나를 주는 것이 거래죠. 승부조작도 거래의 일환이라고 생각하면 이해 못할 것도 없죠."

쾅!

"보자 보자 하니까 뚫린 입이라고 말을 너무 함부로 하는군!"

第十章
내기를 하다

　탁자를 내려치며 일어선 사람은 석일강이었다. 그는 장자이를 향해 무섭게 노려보며 말을 이었다.

　"건방이 하늘을 찌르는구나. 나와 제 공자가 함께 앉아 술을 마셔주니 자신이 대단한 인물이라도 된 줄 착각하나 보지? 지금까지는 내 오공녀의 얼굴을 봐서 꾹 참고 있었다만 더는 못 참겠다. 넌 지금 석가장을 비롯해 많은 귀빈의 명예를 더럽혔다. 그 책임을 어떻게 지겠느냐?"

　"제 말이 거슬렸다면 사과를 하죠. 하지만 딱히 무언가 책임을 져야 할 정도로 실례했다고는 생각지 않네요."

"온갖 억측으로 조롱할 땐 언제고 이제 와서 사과 한마디로 어물쩍 넘어가시겠다? 네년의 눈엔 내가, 이 석가장이 그렇게 호락호락하게 보였느냐?"

네년이라는 한마디에 장자이의 얼굴이 시뻘게졌다. 그녀가 아랫입술을 질끈 깨물며 한바탕 따지려는 찰나 누군가 의자를 박차고 일어났다.

"정말 아니꼽고 더러워서 못 들어주겠군."

매상옥이었다.

그가 눈알을 희번덕거리며 말을 이었다.

"명문가의 자제면 명문가의 자제답게 예를 갖추시오."

"너는 왜 참견이지?"

"그녀는 내 일행이오. 장자이의 말에 석가장의 명예가 더럽혀졌다고 생각하듯, 당신이 장자이를 욕보이는 것은 곧 나를 욕보이는 거요."

"오호라. 그렇다면 내 아랫것들을 잘못 가르친 것에 대해 오공녀와 자하부에게 따져야 하겠군."

석일강은 조빙빙을 향해 무섭게 돌아서며 말했다.

"오공녀, 지금 당장 사과와 함께 아랫것들을 징치하시오. 만약 그 수위가 충분치 않을 시에는 나와 석가장은 용봉지연을 주최한 자격으로 이번 일을 공론화하겠소. 그리고 자하부에 엄중한 책임을 물을 것이오."

일이 뜻하지 않은 방향으로 커지고 있었다.

장자이가 도발을 한 것은 맞지만 석일강도 이렇게까지 나올 필요야 없지 않겠는가.

한편 소란이 일자 멀지 않은 곳에 있던 군웅 중 일부가 고개를 돌렸다. 그들과 귀빈석과는 거리가 있는데다, 연무장을 가득 채운 군웅의 와자지껄한 소리에 묻혀 정확한 내용을 알지는 못했지만, 석가장의 일공자가 탁자를 내려치는 험악한 분위기만으로도 시선을 끌기에는 충분했다.

주목을 받은 조빙빙은 당황했다.

첫 번째는 이목을 끄는 것이 불편했고, 두 번째는 장자이와 매상옥에 관한 입장을 어떻게 설명할 것인지 생각이 떠오르지 않았다.

엄격히 말해 그녀는 지금 자하부를 대표해 이 자리에 있는 것이 아니었다. 장자이나 매상옥 또한 자하부의 사람이 아니다.

전날 객점에서 만났을 때 살극달이 그 점을 분명히 했고, 석일강도 그 점을 모르지 않았다. 한데 석일강은 시치미를 뚝 떼고 있었다. 어쩐 일인지 그는 이번 일을 문파와 문파의 일로 몰고 가려는 듯했다.

모른 척하자니 장자이와 매상옥에 가해질 후환이 두렵고, 책임을 지자니 불똥이 자하부로 튈 판이었다.

그때 나직한 음성이 침묵을 깼다.

"그들은 오공녀의 수하들이 아니라고 했을 텐데."

살극달이었다.

사람들의 시선이 일제히 살극달을 향했다.

"또 일행이란 말로 어물쩍 넘어가실 작정이오?"

석일강이 물었다.

"사실이 그러니까."

"일행과 수하가 무엇이 다르오?"

"일행이 적절치 않으면 한시적인 동행이라고 칩시다."

살극달은 손에 들고 있던 술잔을 천천히 내려놓은 후 입을 열었다.

"두 사람은 지난날 잠시 자하부에 묵었던 인연으로 오공녀가 이곳까지 오는 동안 함께한 동행일 뿐 수하도 상관도 아니오. 그러니 그들이 한 말에 대해 자하부로 책임을 전가하겠다는 것은 억지요. 굳이 책임을 묻겠다면 두 사람에게 물어야 할 것이외다."

살극달의 말에 장자이와 매상옥은 뜨악해졌다. 그도 그럴 것이 속마음이야 어쨌든 살극달은 지금 두 사람을 내쳐 버렸기 때문이다.

만약, 석일강이 끝까지 물고 늘어지겠다면 장자이와 매상옥은 꼼짝없이 끌려갈 수밖에 없었다.

"하지만 자하부가 위기에 처하면 수수방관하지 않겠지. 그런 관계를 어찌 일행이니 동행이니 하는 말로 기만하려는 거요?"

"그들은 수수방관할 거요."

석일강이 장자이와 매상옥을 무섭게 노려보았다.

정말 그러냐는 얼굴이었다.

"수수방관할 거예요."

"나도 그럴 거요."

멍청한 장자이와 매상옥은 서둘러 변명을 했다. 일단은 일이 커지는 걸 막고 나면 살극달이 어떻게든 해결을 해주겠지 하는 생각에서였다.

그 순간 석일강의 눈초리가 살짝 올라갔다.

그가 다시 살극달을 바라보며 물었다.

"귀하의 말대로라면 이들이 무림의 공분을 사는 잘못을 저질렀을 경우 자하부는 책임을 질 수 없다는 건데, 그렇다면 이들이 자신들의 잘못으로 말미암아 스스로에게 문제가 생겨도 제삼자인 자하부가 그 책임을 물어서도 안 되는 거요. 그렇지 않소?"

"물론이지."

"확실히 동행인 모양이군."

이야기가 이상하게 흘러가고 있었다.

장자이와 매상옥은 그제야 석일강이 처음부터 함정을 파

고 두 사람을 끌어들였다는 걸 깨달았다. 이유를 알 수는 없지만 장자이를 살극달 일행과 떼어놓으려 했던 것 같았다.

'여우같은 놈!'

장자이의 얼굴이 시뻘게졌다.

반면, 모진 년 곁에 있다가 함께 날벼락을 맞게 된 매상옥은 얼굴이 붉으락푸르락해졌다.

'아, 왜 안 하던 짓을 해가지고……!'

석일강은 어딘가를 향해 손짓을 했다.

잠시 후 무장을 갖춘 일단의 무리가 기다렸다는 듯이 달려와서는 순식간에 장자이와 매상옥을 에워쌌다.

"망신을 당하고 싶지 않다면 순순히 따라오는 것이 좋을 게다."

석일강이 서늘하게 경고를 하고는 둘러싼 무사들을 향해 눈짓했다. 무사들이 금방이라도 달려들 듯 거리를 좁혔다.

"정말 모른 척할 거예요?"

장자이가 살극달을 향해 서럽게 외쳤다.

"내가 말했잖아, 자기가 벌인 일은 자기가 책임지라고."

차하부를 떠날 당시 장자이가 끝까지 따라가겠다고 우겼을 때 살극달은 분명 그렇게 말했다.

"아무리 그래도 그렇지. 우리가 함께 보낸 밤이 얼만데."

많은 시간을 동행했다는 뜻이지만 앞뒤 사정을 모르는 사람은 남녀 간의 문제로 오해하기 딱 좋았다. 이 와중에도 장자이는 살극달에 대한 여자로서의 우선권을 은근히 강조하고 있었다.

아직 사태의 심각성을 못 느끼는 것이다.

아니면 뼛속까지 영악하거나.

"뭣들 하는 거야? 어서 끌고 가!"

석일강이 버럭 소리를 질렀다.

그때였다.

쾅!

검노가 술 호리병을 거칠게 내려놓더니 천천히 몸을 일으켰다. 오 척이 조금 넘는 늙은이가 몸을 일으켰을 뿐인데 갑자기 장내가 꽉 차버리는 것 같았다.

검노는 딱히 이렇다 할 표정도 없이 장자이와 매상옥을 둘러싼 무사들을 향해 다가갔다. 흡사 산이 밀려오는 듯한 압박감에 무사들이 저도 모르게 뒷걸음질을 쳤다.

손가락 하나 까딱 않고 무사들을 일 장 밖으로 물려 버린 검노가 좌우를 둘러보았다. 그러다 석일강에게 시선을 딱 멈췄다.

"누구 허락도 없이 사람을 끌고 가느냐?"

"무슨… 권리로 그러십니까?"

"저놈은 내 종복이다."

석일강의 눈동자가 커졌다.

이게 뭔 일인가 싶은 장자이와 매상옥은 동시에 살극달을 바라보았다. 그들이 검노가 아닌 살극달을 바라본 것은 그가 이런 상황을 예상했다는 듯 태연한 자세로 앉아 있었기 때문이다.

자신의 부속물에 대한 집착이 강한 검노가 가만있지 않을 거라는 걸 살극달은 애초부터 알고 있었던 것이다.

그제야 살극달의 의도를 눈치챈 장자이가 피식 실소를 터뜨렸다. 막강한 무공의 소유자인데다 그 누구의 눈치도 보지 않는 검노가 소유권을 주장하고 나서자 매상옥도 긴장감이 탁 풀렸다.

적어도 석가장의 무사들에게 개처럼 끌려가 죽을 일은 없었다.

분위기는 다시 반전되었다.

석일강은 장자이와 매상옥, 검노, 그리고 태연자약한 살극달을 번갈아 본 후 더욱 격앙된 음성으로 말했다.

"상황 파악이 잘 안 되나 본데, 이곳은 석가장이오. 이런 식으로 나오면 우리도 언제까지나 손님 대접을 해줄 수는 없소이다."

딱히 누구를 지칭해서 한 말은 아니었다.

하지만 모두가 외면한 가운데 검노가 말을 받았으니 석일강의 말은 자연스럽게 검노를 향한 것이 되어버렸다.

"그게 석가장의 공식 입장이냐?"

"무, 무어요?"

"확실히 말하거라. 그게 석가장의 공식입장이냐?"

"……!"

전면전도 불사하겠다는 듯한 검노의 태도에 석일강은 그만 꿀 먹은 벙어리가 되어버렸다. 대체 이 노인네가 무엇이건데 이토록 대범하게 나온단 말인가.

그가 자하부의 혈사가 있을 당시 철구를 휘두르며 적진을 휘저었다는 정체불명의 괴물이라는 건 알고 있다. 때문에 강호인들이 그의 정체를 알아내기 위해 눈에 불을 켰다는 사실도 알고 있었다.

하지만 제아무리 강하다고 한들, 감히 석가장의 장내에서 석가장을 상대로 겁박을 할 줄이야…….

"말을 않는 걸 보니 그런 모양이군. 하면 내 입장을 전하겠다. 나와 내 종복, 그리고 그 종복이 좋아하는 계집에게 손가락 하나라도 까딱했다간 내 반드시 가주를 찾아가 따질 것이다. 철구를 들고."

"무, 무슨 그런 말을……!"

"참고로 한마디 덧붙이자면 난 네놈처럼 혀가 날래지 않다. 해서 말보다는 철구로 얘기를 하는 편인데 석가주는 어떨지 모르겠군."

너무나 얼토당토않은 말에 석일강은 머릿속이 하얘졌다. 무슨 말로 응수를 해야 할지, 어떻게 대처를 해야 할지 판단이 서질 않았다.

"아무래도 오늘은 그만 돌아가는 게 좋겠군."

말과 함께 제운학이 자리에서 일어나 석부용에게 눈짓을 했다. 석일강을 데리고 자리를 떠나라는 것이다.

석부용이 가볍게 고개를 끄덕이고는 석일강의 손을 잡아끌었다. 석일강은 속이 부글부글 끓는지 그 자리에서 꿈쩍도 않고 검노를 노려보았다. 그러나 제운학의 뜨거운 시선을 느끼자 못 이기는 척 석부용의 뒤를 따랐다.

두 사람이 사라지고 난 후 제운학이 검노를 향해 공손히 포권지례를 했다.

"석 형제가 성정이 급해서 그렇지 그리 나쁜 마음으로 한 것은 아닙니다. 혹여 결례가 있었다면 부디 노선배께서 넓은 아량으로 헤아려 주시기 바랍니다."

"내 자네를 봐서 이번엔 그냥 넘어가네만, 다시 한 번 시비를 걸작시면 석가주의 아들이고 뭐고 피똥 쌀 줄 알라고 전하게. 나는 무서운 게 없는 사람이거든."

"하하. 용서해 주신 줄 알겠습니다."

제운학은 빙그레 웃으며 말했다.

검노의 말이 상당히 무례하고 자기중심적인데도 불구하고 제운학은 일절 기분 나쁜 표정을 짓지 않았다.

　　감정을 다스릴 줄 아는 것이다.

　　제운학은 이어 살극달과 조빙빙 등에게도 가벼운 미소와 함께 포권을 쥐어 보였다. 그 미소가 왠지 뼈가 있어 보인다는 생각을 하는 사이 제운학은 조용히 자리를 떴다.

　　세 사람이 사라지고 난 뒤 장자이가 매상옥을 찢어져라 바라보았다.

　　"……왜?"

　　매상옥이 물었다.

　　"날 좋아한다는 게 무슨 뜻이야?"

　　"내, 내가 언제 그런 말을 했어?"

　　"방금 검노 선배가 그랬잖아."

　　"그거야……."

　　매상옥이 황급히 검노를 돌아보며 따졌다.

　　"제가 언제 그런 말을 했습니까?"

　　"그걸 뭘 말을 해야 알아? 척 보면 아는 거지."

　　검노가 시큰둥하게 말했다.

　　"제발 그런 밑도 끝도 없는 소리 좀 하지 마십시오."

　　"그런데 왜 갑자기 장자이 편을 들고 나섰어?"

　　"장자이 편을 든 게 아닙니다. 석일강 그 자식이 꼴 보기

싫어서 그런 거지. 하나만 걸려라 하고 있는데 마침 장자이에게 시비를 걸기에 일행이니 뭐니 하는 마음에도 없는 소리를 해가며 어깃장을 부린 거라고요."

"설명이 길구나. 보통은 뭔가 켕기는 쪽이 주저리주저리 늘어놓게 마련이지."

"확실히 해두기 위해서 그런 겁니다!"

"정말 아냐?"

"아닙니다, 아니에요."

"아니면 말고."

매상옥은 입술을 바르르 떨었다.

노망난 노인네를 다그쳐서 무얼 얻으리오.

매상옥은 재빨리 장자이를 향해 돌아서며 말했다.

"신경 쓰지 마. 절대 그런 일 없으니까."

"확실하지?"

"내가 미쳤느냐? 날 죽이려 했던 년을 좋아하게."

"그럼 됐고."

장자이는 천천히 돌아서다가 아무래도 마음이 놓이질 않았는지 다시 매상옥을 돌아보며 말했다.

"만약에 날 좋아하게 되면 말해."

"그, 그건…… 왜?"

"너 잘 때 입에 독 좀 털어 넣게."

매상옥의 얼굴이 썩어 문드러졌다.

확실하게 못을 박아둔 장자이가 살극달을 돌아보며 상냥하게 말했다.

"그나저나 석일강이 왜 저렇게 무리수를 두지요?"

"인질이 필요했던 게지."

"왜요?"

"그래야 나를 움직일 수 있을 테니까. 아니면 억제를 하든가."

자신으로 인해 살극달을 제어할 수 있다는 말이 마음에 들었는지 장자이의 얼굴이 발개졌다. 그런 장자이의 기분에 매상옥이 찬물을 끼얹었다.

"인질이 필요하면 납치했겠죠."

"그러면 내가 가만있지 않을 거라고 생각했을 테니까."

매상옥의 말 때문에 언짢아진 장자이가 살극달의 말 때문에 더욱 기분이 좋아졌다.

"당신이 보는 앞에서 합법적으로 데려가야 어쩌지 못할 거라는 말이죠? 그따위 낮은 수로 천하의 노룡을 속이려 했다니, 한심하기 짝이 없는 놈이네요."

장자이가 손으로 입을 가리며 미소까지 지었다. 평소에는 보지 못한 모습이라 다들 얼떨떨한 얼굴을 했다. 사람들의 시선을 느낀 장자이가 얼른 화제를 돌렸다.

"그나저나 제운학 저거 보통 물건이 아닌데요."

"그런 것 같군."

"엉뚱하게 석일강이 걸려드는 바람에 하마터면 큰일 날 뻔했어요."

"조준을 잘했어야지."

"덥석 무는 걸 어떡하라고요."

"그러니까 조준을 잘해야 했다고."

"그래도 나 실감 나게 잘하지 않았어요?"

대화가 뭔가 이상하게 흘러갔다.

두 사람이 말을 할 때마다 조빙빙, 매상옥, 검노의 얼굴이 약속이나 한 듯 왔다 갔다를 반복했다. 그러다 매상옥이 외쳤다.

"잠깐!"

그는 일단 두 사람의 대화를 끊어놓고는 마른침을 꿀딱 삼키며 물었다.

"지금 그게 무슨 말이야? 석일강을 도발시킨 게 계획에 있던 거라고? 살극달 형이 시킨 거고?"

"당연하지. 내가 미쳤어? 나랑 상관도 없는 일에 목숨을 걸게? 승부조작설을 제기하는 게 얼마나 무서운 일인지 몰라?"

"대체 왜……?"

매상옥의 두 눈이 동그래졌다.

조빙빙과 검노 역시 마찬가지였다.

"그거야 나도 모르지."

장자이가 살극달에게로 공을 넘겼다.

세 개의 시선이 그대로 살극달에게로 옮겨졌다.

하지만 살극달은 조용히 웃을 뿐이었다.

한편, 용봉지연이 지연되는 사이 한바탕 싸움이 벌어지는 줄 알고 잔뜩 흥분하고 있던 근처의 구경꾼들은 제운학과 석가 남매가 자리를 빠져나가자 김이 빠지는 모양이었다.

그러나 그들의 실망도 오래가지 않았다.

어디선가 비무의 시작을 알리는 북소리가 우렁차게 울리고 한 사람이 비무대로 뛰어올랐기 때문이었다.

누군가 석가장의 총관 곡불약이라고 했다.

보기 좋게 센 머리카락을 정갈하게 묶은 그는 군중을 향해 두세 번 포권을 했다. 이윽고 소란이 가라앉자 정광 가득한 눈동자를 번뜩이며 말했다.

"이토록 많은 관심을 가져주신 무림의 형제들에게 석가장을 대표해 깊이 감사드리는 바입니다. 아시다시피 올해로 세 번째 열리는 용봉지연은 명실공히 강호 최대의 무림대회입니다. 십수 년 전 십 인의 명숙께서 노장산 홍일암에 모여 의기 투합한 것을 시작으로……."

이런 자리를 여는 인사가 으레 그렇듯 무림대회의 취지와 그것이 지닌 권위를 자화자찬하는 말들이 끝도 없이 흘러나왔다. 한참 후 곡불악의 말이 끝나자 고수(鼓手)가 북을 쳤다.

용봉지연의 진짜 비무가 시작된 것이다.

비무의 방식은 가장 원시적이면서도 무림다웠다. 세 명을 연달아 이겨야 하는 지난 엿새 간의 비무와 달리 오늘은 마지막까지 버티는 사람이 최종 우승자였다.

얼마나 많은 도전자가 있을지 모르니 가장 나중에 등장하는 사람이 유리할 것은 자명했다. 따라서 초반엔 다들 몸을 사릴 것이라는 예상을 깨고 한 사람이 비무대 위로 뛰어올랐다.

팔다리의 근육이 터질 듯 부풀어 오른 장한이었다. 한 손엔 가슴까지 오는 대감도를 들었는데 그 기세가 산이라도 쪼갤 것처럼 사나웠다.

결승전의 진출자다웠다.

그가 군웅을 향해 포권지례를 한 후 말했다.

"교타방(鮫打幇)의 여홍적이외다. 어느 분이 첫 번째 가르침을 주겠소?"

첫 번째 가르침을 주겠느냐는 말은 두 번째, 세 번째 도전자들도 능히 물리칠 수 있다는 자신감의 발로였다.

그를 알아본 군웅 속에서 우렁찬 함성이 터졌다.

살극달은 몰랐지만 여홍적이라는 자는 상당히 유명한 인물이었다.

그때 또 한 사람이 뛰어올랐다.

여홍적에 비해 반 토막밖에 되지 않을 것 같은 말라깽이 검수였다. 앞서 여홍적이 등장할 때와 달리 군웅은 시큰둥했다.

무공이 어디 체격 조건으로만 우열이 나뉠까마는 여홍적에 비해 너무나 나약해 보였기 때문이다. 게다가 그는 여홍적만큼 유명한 자도 아닌 모양이었다.

하지만 그를 알아본 누군가가 외치자 상황이 돌변했다.

"검각의 이도굉이다!"

검각이라는 한마디에 떠나갈 듯한 함성이 터져 나왔다. 검각은 천하십패의 한 곳이자 사천성 일대에서 위명을 떨치는 검도명문이다.

검각 출신이면 가볍게 볼 상대가 아니었다.

장자이가 살극달의 곁에 착 달라붙어서는 설명을 해주었다.

"교타방은 강서 일대에서 무섭게 떠오르는 정사지간의 문파예요. 굳이 말하자면 흑도방파에 가까운데, 여홍적은 그 방주의 제자죠. 폭급한 성정과 무서운 돌파력으로 말미암아 약관의 나이에 벌써 야저(野猪)라는 별호까지 얻은 신진고수라고나 할까?"

장자이는 분명 살극달에게 말했는데 반응은 엉뚱하게 매상옥에게서 나왔다.

"뭐 힘은 좋게 생겼군."

장자이는 매상옥을 향해 눈을 한 번 흘겨준 후 다시 말을 이었다.

"반면 이도광은 검각의 제자이기는 하지만 그리 이름을 떨친 인물은 아니죠. 항렬로 따져도 이대제자뻘이고 나이도 이제 갓 약관이 되었을 걸요. 검각에는 뛰어난 제자들이 많은데 굳이 저런 인물을 내보낸 걸 보면, 아마도 참가에 의의를 두는 모양이네요."

"확실히 애송이처럼 보이는군."

또 매상옥이 끼어들었다.

장자이는 아랫입술을 한차례 잘끈 깨물고는 다시 말을 이었다.

"말하자면 강동 무인과 강서 무인의 대결인 셈인데, 아무래도 이번엔 강동 무인의 승리가 될 것 같네요."

"싸움이 어디 그런 걸로 결정이 되나."

또 매상옥이었다.

혼잣말처럼 중얼거렸지만 분명 장자이를 향한 말이었다.

장자이는 아무래도 안 되겠다고 생각했는지 매상옥을 향해 돌아서서는 본격적으로 쏘아대기 시작했다.

"네가 뭘 안다고 그래?"

"이거 왜 이래? 나도 칼밥으로 잔뼈가 굵은 놈이야. 사람을 보는 눈은 내가 너보다 나을걸."

그건 맞다.

장자이가 도문 문주의 딸인 탓에 강호의 소식과 각종 군상에 정통하다면 백귀총의 살수 출신인 매상옥은 한 번 보는 것으로 상대의 실력을 가늠하는 예리한 눈을 가졌다.

물론 장자이는 그걸 인정할 생각이 없었다.

"그래서 네가 아직도 이 모양 이 꼴인 거야."

"뭐?"

"싸움이 용력으로만 결정 나지 않는다는 건 나도 알아. 오히려 무림인들의 비무에선 그런 게 전혀 중요하지 않지. 하지만 힘, 기세, 경험 등 모든 면에서 차이가 난다면 다르지. 여홍적은 젊은 나이에도 불구하고 수많은 실전을 치른 고수야. 떠도는 말에 따르면 교타방에서는 이번 대회의 우승까지 넘볼 정도로 여홍적에 대한 기대가 크다더군. 그에 비하면 이도굉은 아직 무명(武名)조차 얻지 못한 강호초출이야. 검각이라는 이름에 갇혀 생각할 게 아니라고."

"실전의 중요성은 아무리 강조해도 지나치지 않지. 하지만 훌륭한 검공을 익혔다면 실전의 경험이 미천해도 결정적인 한 방이 얼마든지 있을 수 있어."

"쯧쯧쯧. 그런 정신머리로 여태 어떻게 살아남았니?"

"하고 싶은 말이 있으면 그냥 해. 말끝마다 조롱하지 말고. 내가 너보다 말을 못해서 참고 있는 줄 알아!"

"누가 말을 하면 제발 좀 귀담아들어. 손에 익은 하초가 낯선 절초보다 낫다는 강호의 격언을 모른다고 하지는 않을 테지? 검각이 제아무리 검도명문이라고는 하나, 고양이를 데려다가 하루아침에 호랑이로 탈바꿈할 수는 없는 노릇이라고."

"처음부터 호랑이 새끼일 수도 있지."

"끝까지 말귀를 못 알아듣네."

"말귀를 못 알아듣는 건 너야."

"내기할까?"

"무슨 내기?"

"지는 사람이 이기는 사람의 요구를 들어주기."

장자이는 자신있게 말했다.

두 사람의 대화가 재밌었는지 살극달과 검노, 조빙빙은 한참을 듣고 있었다.

"못할 거 없지. 난 이도굉에게 걸겠어."

"역시 말귀를 못 알아듣는군."

"여기서 그 말이 왜 나와. 넌 어차피 여홍적에게 걸 작정이었잖아."

"무조건 나와 반대쪽에 걸겠다고?"

"그래야 내기가 성립될 거 아냐. 말귀를 못 알아먹는 게 누군데, 정말."

대화가 진행될수록 매상옥의 얼굴은 점점 푸르딩딩해졌다.

"지면 무조건 내가 시키는 대로 해야 해."

"너야말로 단단히 각오해."

"그럴 일은 절대 없을걸."

"그럼 약속한 거다."

"좋아."

"나중에 딴소리하기 없기다."

"두말하면 잔소리라니까."

장자이는 뭔가 불안해졌다.

여홍적과 이도굉의 대결은 누가 봐도 여홍적의 압도적인 승리였다. 한데 매상옥 이 인간은 도대체 뭘 믿고 이렇게 당당하게 나오는 걸까?

그때쯤엔 싸움이 한창 진행되고 있었다.

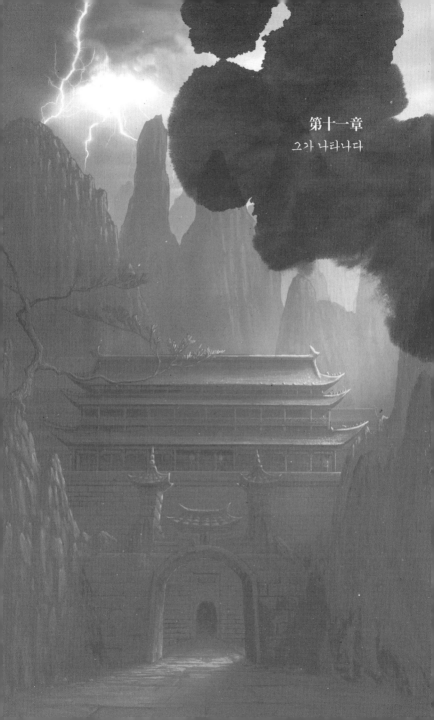

第十一章
그가 나타나다

장자이와 매상옥이 대결에 집중하는 사이 살극달은 계속 주변을 훑었다. 예상이 틀리지 않다면 지금쯤 수라마군은 근처에 와 있을 것이다. 인파 속에 섞여 있을 수도 있고, 비무대가 잘 보이는 어느 곳에 있을 수도 있다.

수라마군이 비무대에 오를 것이라는 석단룡의 말은 정말 의외였다. 수라마군이 진정으로 원하는 것은 무엇일까? 살극달의 그런 표정을 읽었음인지 조빙빙이 물었다.

"그가 나타나면 어떻게 할 거죠?"

"석가주와 협상을 했소."

"……?"

"그들이 수라마군을 잡을 수 있도록 도와주기로. 그리고 나중에 수라마군의 신병을 하루 동안 넘겨받기로."

"십패가 그를 잡을 수 있을까요?"

"두고 보면 알겠지요."

조빙빙은 더 묻지 않았다.

살극달은 분명 무언가 말하지 않은 게 있다.

그게 무엇인지 모르지만, 그가 말을 않기로 결심을 했다면 아무리 캐물어도 알아낼 수 없다. 그는 한 가지 일에 두 가지 세 가지의 안배를 하는 사람이니 저렇게 함구를 하는데도 이유가 있을 것이다.

그때쯤 여홍적과 이도굉의 싸움은 절정으로 치달았다. 여홍적이 압도적으로 우세할 거라는 장자이의 예상은 옳았다.

야저라는 별호처럼 시종일관 패도적인 기세를 뿌리며 공세를 펼치는 여홍적과 달리 이도굉은 방어를 하기에만 급급했다.

연방 물러나면서도 끝까지 여홍적의 칼을 떨쳐 내는 걸 보면 그도 한 수가 있는 것만은 분명한데, 승부를 뒤집기에는 어려워 보였다.

그나마 버티는 것도 오래가지 않을 것 같았다. 자신의 승리를 예감한 여홍적은 펄펄 날아다니며 비무대를 완전히 장악했다. 반면, 이도굉의 보폭은 점점 짧아졌다.

발이 묶이면 끝장이다.

너무도 당연한 결과인데다 싸움의 흐름 역시 일방적이어서 군웅도 흥미가 떨어지는 모양이었다. 심지어 여홍적을 향해 빨리 끝내 버리고 다음 도전자와 싸우라는 말을 던지는 자도 있었다.

"홍, 이제 내 말을 믿겠어?"

장자이가 보란 듯이 매상옥을 약 올렸다.

매상옥은 울상이 되어 검노를 바라보았다.

마치 '이건 얘기가 다르잖아요?'라고 항의하는 듯했다.

"뭐예요? 선배께서 훈수를 두신 거예요?"

검노는 콧방귀를 팽 뀌더니 매상옥을 나무랐다.

"쯧쯧쯧. 그러니 장자이한테 무시를 당하지. 그런 눈 개나 줘버려라."

"뭐가 말입니까?"

"모름지기 싸움의 흐름이란 겉을 보지 말고 속을 볼 줄 알아야 한다고 내 몇 번을 말했느냐?"

검노는 까마득한 고수다.

그런 사람이 저런 말을 할 때는 무언가 이유가 있는 것이다.

장자이와 매상옥의 시선은 다시 비무대를 향했다. 그리고 검노에게는 보이고 자신들에게는 보이지 않는 그 무엇을 찾기 위해 정신을 집중했다.

검노의 면박을 듣고 난 후여서일까?

과연 처음엔 보이지 않은 것이 보이기 시작했다.

첫 번째는 냉정함의 차이였다.

승리를 예감한 여홍적의 상태는 광분에 가까웠다. 동작도 훨씬 커졌고, 공격도 과감했다. 관중의 일방적인 응원 덕분인지 한시라도 바삐 싸움을 끝내야겠다는 생각이 표정에 그대로 드러났다.

반면, 이도굉은 수세에 몰리면서도 서두르는 기색이 전혀 없었다. 무시로 뿌려지는 여홍적의 초식을 막기에 급급했지만, 눈동자만큼은 동굴 속의 맹수처럼 매섭게 빛났다.

두 번째는 호흡이었다.

상대적으로 움직임이 많았던 여홍적의 호흡이 점점 거칠어지고 있었다. 비단 움직임 때문만이 아니라 승부를 빨리 결정지어야 한다는 생각이 그를 조급하게 만든 것 같았다.

세 번째는 땀이었다.

여홍적의 이마에선 굵은 땀방울이 송골송골 맺히고 있었다. 적삼의 겨드랑이도 어느새 축축하게 젖어 있었다.

그에 반해 이도굉은 처음 등장할 때 그대로였다

"아!"

"아!"

장자이와 매상옥의 입에서 동시에 탄성이 터졌다. 싸움의 흐름을 알게 되자 오히려 정반대인 상황이 비로소 보이기 시작한 것이다.

쩔쩔매는 여홍적과 달리 이도굉은 약을 바짝 올리며 싸움을 즐기고 있었다.

하면, 이도굉은 왜 이런 짓을 하는 걸까?

이유는 머지않아 알 수 있었다.

"이엽!"

제 마음대로 되지 않음에 분기탱천한 여홍적의 신형이 별안간 일 장이나 솟구쳤다. 좀처럼 전권을 파고들지 못하자 상대적으로 큰 키를 이용, 머리 위에서 일도양단의 기세로 내려치려는 것이다.

타고난 용력이 있으니 한 방에 모든 초식과 방어를 무력화시킬 수 있으리라 계산한 모양이었다.

하지만 여홍적은 결정적인 실수를 했다.

그는 이도굉이 위기가 닥칠 때마다 현란한 보법으로 전권에서 빠져나갔다는 사실을 상기했어야 했다.

비상할 때는 상대의 보법과 반격의 속도를 계산하는 것이 먼저다. 그래야만 의도한 공격을 성공할 수 있고, 그게 제공(制空)의 이치다.

여홍적에겐 그게 없었다.

스팟!

이도굉이 육중하게 떨어지는 여홍적의 신형을 바람처럼 스쳐 갔다.

그걸로 끝이었다.

저만큼 멀어진 이도굉의 신형은 검을 좌방으로 쭉 뻗은 상태에서 멈춰 있었다.

뒤늦게 떨어진 여홍적은 굳은 듯 움직이질 않았다. 그는 무언가 잘못되었다는 듯 천천히 자신의 아래를 굽어보았다. 그 순간, 한일(一) 자로 갈라진 그의 적삼에서 붉은 핏물이 주르륵 흘러내렸다.

군웅이 우렁찬 함성을 터뜨린 것도 그때였다.

"우와아!"

작은 사람이 거인을 쓰러뜨렸을 때, 약자가 강자를 쓰러뜨렸을 때 구경꾼들의 감흥은 배가 되는 법이다. 시시하게 끝날 줄 알았던 싸움이 뜻밖의 반전으로 결론 나자 군웅의 흥분은 극에 달했다.

한번 시작된 환호성은 붉은 기가 이도굉을 향해 늪고, 여홍적이 누군가의 부축을 받아 비무대를 내려갈 때까지 끊이질 않았다.

더불어 역시 '검각'이라는 외침이 곳곳에서 터져 나왔다.

매상옥이 장자이를 향해 씨익 웃었다.

"약속은 잊지 않았겠지?"

"이건 무효야!"

"어째서?"

"검노 선배께서 조언을 해준 거잖아."

"그런 조건은 없었잖아."

"그거야 당연한 거지. 검노 선배의 조언을 받으면 내가 검노 선배랑 내기를 한 것과 뭐가 달라?"

"그럼 그렇지. 도둑이 약속을 지킬 거라고 생각한 내가 병신이지."

"여기서 왜 그 얘기가 나와?"

"됐어. 없던 걸로 해. 어차피 기대하지도 않았으니까."

"하다가 마는 게 어딨어? 사내자식이 칼을 뽑았으면 밤톨이라도 까야지."

"그럼 날더러 어쩌라고."

"다시 해."

"내가 미쳤냐? 불리하면 또 트집을 잡아 어깃장을 놓을 게 뻔한데."

"또 이기면 앞엣것도 인정해 줄게. 대신 이번엔 쥐새끼처럼 다른 사람 말 듣지 말고 너 혼자 힘으로 정정당당하게 해야 해."

"이게 어디서 은근슬쩍 욕을 하고 있어!"

"할 거야, 말 거야?"

"좋아. 이번엔 절대 딴말하지 않기다."

"내가 하고 싶은 말이야."

그때쯤 비무대에는 또 다른 도전자가 등장한 상태였다. 커다란 키에 오 척의 장검을 늘어뜨렸는데 진중한 분위기가 한눈에 보기에도 예사롭지 않았다.

익히 명성을 떨친 사람인 듯 군웅 속에서도 함성과 갈채가 아낌없이 쏟아져 나왔다. 이제야말로 제대로 된 싸움이 벌어질 거라고 생각한 모양이었다.

그때, 장자이가 살극달에게 전음을 보내왔다.

[이번엔 누가 이길 것 같아요?]

[정정당당히 하기로 하지 않았나?]

[매상옥 저 자식은 뭐 정정당당하게 할 것 같아요?]

살극달이 슬쩍 매상옥에게로 시선을 던졌다. 장자이의 말처럼 매상옥은 얼굴은 정면을 향했으면서도 눈알은 왼쪽으로 최대한 당겨 검노의 입을 뚫어지게 바라보고 있었다.

검노 역시 승패를 예견하려는 듯 비무대에 오른 두 사람의 기도를 면밀히 분석하는 중이었다. 아마도 매상옥이 장자이를 어떻게 한번 해볼 수 있도록 도와주려는 속셈인 것 같았다.

[이번엔 내기를 하지 마라.]

[왜요?]

[어차피 검노와 내 생각이 같을 테니까.]

그렇다면 다음번엔 다를 거라는 말일까?

장자이가 어리둥절한 표정을 짓고 있을 때 매상옥이 별안간 자신있는 투로 말했다.

"자, 넌 누구에게 걸 거냐?"

장자이는 살극달을 슬쩍 곁눈질했다.

살극달은 미세하게 고개를 가로저었다.

장자이는 뭔가 미심쩍었지만 결국 살극달의 말을 따랐다.

"이번 판은 그냥 넘어가자."

"하자고 할 땐 언제고 이제 와서 딴소리야?"

"아주 없던 일로 하자는 게 아니라 이번 판만 넘어가자는 거야. 왜 말귀를 못 알아들어?"

"하여간에 뭐든 제멋대로라니까."

매상옥이 한발 물러섰다.

비무대에서는 기수식을 끝낸 두 사람의 싸움이 한창 진행 중이었다. 싸움의 흐름도 앞서의 양상과는 달랐다.

약을 바짝 올리며 시간을 끌던 이도굉은 처음부터 본신의 실력을 드러냈다. 자로 잰 듯 정확한 보법을 펼치는 동시에 삭풍처럼 매서운 검초을 연이어 뿌려댔다.

하지만 쉽사리 승기를 잡지 못했다.

도전자의 움직임이 예사롭지 않았던 탓이다.

그는 이도굉의 검로를 정확히 읽고 적절한 박자에 몸을 빼거나 반격을 가하는 것으로 탐색전을 펼쳤다. 앞서 여홍적을 상대할 당시 이도굉이 전력을 다하지 않았다는 걸 알기에 상대를 더 탐구하려는 것이다.

그 와중에도 의심의 여지가 없는 반격의 기회가 왔을 때는 과감한 공격도 서슴지 않았다. 신중함과 과감함을 동시에 지녔다는 뜻이다. 그럼에도 실수 한 번 없는 것을 보면 싸움의 흐름을 읽는 눈이 놀랍도록 정확했다.

"제법인데."

살극달은 저도 모르게 칭찬을 했다.

"천인문(天刃門)의 장제자를 제법이라고 말하는 사람은 당신밖에 없을 거예요."

"천인문? 저자가 천인문의 제자라고?"

"천인문을 아세요?"

당대에 비단길이라 하면 사람들은 누구나 타클라칸 사막의 북변과 남변을 통과하는 서역남북도(西域南北道)를 떠올릴 것이다.

하지만 과거 대륙 서남쪽의 바다를 향한 비단길도 크게 성행하던 때가 있었다. 천인문은 바로 그 바닷길을 장악한 남해의 거대문파였다.

살극달은 오래전 그 문파에서 한동안 신세를 진 적이 있었다.

한데 중원으로 보자면 새외의 방파나 마찬가지인 그들이

어찌하여 중원무림의 무림대회에 참가하게 된 걸까?

"십여 년 전 사천성으로 본거지를 옮겼죠. 대륙 남쪽 이국
들의 왕이 수시로 바뀌자 해적이 들끓으면서 바닷길이 위험
해지는 바람에 대륙 상계로 진출을 꾀한 것인데, 사천은 알다
시피 검각의 입김이 워낙 거세 본격적인 진출은 못하고 있는
실정이죠. 하지만 이국의 각종 무학을 접목한 뛰어난 검공들
이 많아 무수한 고수를 배출하기도 했죠. 오죽하면 천인문의
제자와는 무공의 고하를 떠나 승패를 예측하기가 난감하다는
말이 있겠어요."

장자이의 말처럼 천인문의 장제자 조자청이 펼치는 검술
은 이국적인 것이 많았다. 대월국의 박도술처럼 힘차게 찍는
듯하다가도 다급하게 곡선으로 빠져나가는가 하면, 느닷없이
무릎을 굽히고 상대의 전권 깊숙이 직검을 찔러 넣기도 했다.

이런 변화무쌍한 반격이 이도굉으로 하여금 바짝 긴장하
게 만들었다.

두 사람의 대결은 단순한 후기지수 간의 비무를 넘어, 사천
을 주름잡는 양대검문의 싸움이라고 할 수 있었다.

이 싸움의 결과가 현실의 세력구도에 영향을 주지는 않겠
지만 적어도 대외적인 시각은 크게 바뀔 것이다.

조자청이 이긴다면 천인문은 장차 검각을 위협할 강력한
세력으로 평가될 것이고, 이도굉이 이긴다면 역시나 사천의

주인은 검각이라는 말이 나오지 않겠는가.

이처럼 지금의 비무는 각자가 사활을 걸고 싸워야 하는 이유가 있었다. 그런 사정을 알기에 군웅의 흥분은 앞서의 비무 때와는 비교도 할 수 없을 만큼 컸다.

두 사람이 공방을 주고받을 때마다 군웅 속에서 함성과 탄성이 연거푸 쏟아졌다. 분위기는 점점 달아올라 오십여 초를 나누었을 무렵에는 자리에 앉아 있는 사람이 거의 없었다.

검투는 점점 치열해졌고, 두 사람은 긴장된 표정이 역력했다. 상대의 실력이 생각보다 뛰어남에 감탄하고 있는 것이다.

그 순간 변화가 일어났다.

시종일관 공방을 번갈아 하며 백중세를 유지하던 이도쾽의 보법이 미세하게 흐트러진 것이다. 고수들 간의 검투에서는 호흡 한 번에 목숨이 서너 번씩 왔다 갔다 한다.

누가 보아도 명백한 경험 부족, 노련한 조자청은 그 기회를 놓치지 않았다. 그는 질풍처럼 쇄도하며 깊숙이 검을 찔러 넣었다. 일체의 변화를 배제한 채 오직 속도에만 의지해 상대의 급소를 찌른 것이다.

대경실색한 이도쾽이 황급히 검을 올려쳤다.

깡! 소리와 함께 불똥이 튀며 조자청의 검이 튕겨 나갔다. 하지만 그 대가로 이도쾽의 중심은 급격히 흐트러졌다.

바로 이것을 노린 듯, 조자청은 맹수처럼 달려들었다. 일정

한 거리를 두고 검을 찌르는 것이 아닌 전권 깊숙이 무게중심을 옮기며 눈으로도 좇을 수 없을 만큼 변화무쌍한 검초를 무서운 속도로 뿌려댔다.

조자청의 돌변한 기세와 현란한 검초에 군중 속에선 우레와 같은 함성이 터져 나왔다. 누가 보아도 조자청의 우승이었다.

하지만 검노의 생각은 다른 모양이었다.

"또 이겼군."

또 이겼다는 말은 이도굉의 승리가 될 것이라는 말이 아닌가. 매상옥은 내기를 못해서 안타깝다는 얼굴을 했다. 필시 이도굉에게 걸 작정이었으리라.

장자이가 살극달에게 물었다.

"정말 그래요?"

"검노와 생각이 같을 거라고 했잖아."

살극달 역시 그렇다는 뜻이다.

영문을 알 수 없는 장자이는 다시 비무대로 시선을 던졌다. 그 순간, 휘청대며 물러나던 이도굉을 향해 조자청이 회심의 일검을 휘둘렀다. 검은 정확히 이도굉의 목을 횡으로 잘라가고 있었다.

이대로면 이도굉의 목이 떨어지는 것은 순식간이었다. 군중 속에서 비명이 터질 정도로 아찔한 순간, 이도굉이 엄청난 속도로 신형을 비틀며 검을 휘둘렀다. 두 개의 검은 정확히 허공의 중동에서 격돌했다.

깡!

귀청을 찢는 소리와 함께 이도굉이 검파를 놓아버린 것도 동시였다. 그때 놀라운 일이 일어났다. 이도굉의 검이 조자청의 검 중앙에 찰싹 달라붙어서는 빙글 회전하는 것이 아닌가. 검극은 순식간에 조자청의 목을 스치고는 정확히 이도굉의 손으로 다시 돌아갔다.

당황한 조자청을 향해 이도굉이 일장을 내뻗었다.

펑!

둔탁한 파열음과 함께 조자청은 일 장이나 날아갔다. 꼴사납게 떨어져 구르는 조자청의 목에서는 붉은 피가 철철 흘러내리고 있었다.

이도굉의 완벽한 승리였다.

또다시 벌어진 느닷없는 반전에 심판을 보는 자조차도 자신의 본분을 잊고는 멍청히 서 있었다. 군웅은 찬물을 끼얹은 듯 고요했다. 그들 역시 당황한 탓이었다. 떠나갈 듯한 함성이 터져 나온 것은 이도굉이 군웅을 향해 포권지례를 했을 때였다.

"와아아아!"

"대체 저게 무슨 초식이죠?"

함성 속에서 장자이가 떠나갈 듯 외쳐 물었다.

"회륜참시(回輪斬屍)라는 수법이야. 격돌의 순간 검신의 중동에 달린 작은 홈으로 상대의 검날을 깨뜨리면 검과 검이 순간적으로 고정되는데, 그때 장력을 분출해 검에 회전력을 주는 수법이야."

"그게… 가능하다는 말이에요?"

"간단하지는 않아. 정확한 힘과 속도, 그리고 손을 떠난 검을 완벽히 통제할 수 있는 내력이 필요해."

"그건 어검술을 말하는 게 아닌가요?"

"그건 아니지만, 회전반경 내에서의 효용은 비슷하지."

"마, 말도 안 돼. 어검술이라니……!"

장자이는 재빨리 고개를 돌려 검노를 바라보았다. 검노 역시 어느 정도 예상은 했지만 저토록 완벽하게 신기를 부릴 줄은 몰랐다는 듯, 놀란 표정을 지었다.

별 기대를 하지 않았던 이도굉이 두 명의 강자를 연거푸 쓰러뜨리자 군웅의 흥분은 이제 극에 달했다.

초반에 등장해 무명이나 만들어보자는 무림초출인가 했더니 전혀 아니었던 것이다. 이도굉은 처음부터 도전자들의 기세를 꺾어놓으려는 심산이었다.

여기저기서 과연 검각의 제자라는 감탄사가 흘러나오는 가운데 도전자는 한참이 지나도 나타나질 않았다.

모두 이도굉의 실력에 화들짝 놀라고 있었다.

심지어 비무대에 오르려고 기회를 엿보고 있던 몇몇 후기지수들이 고개를 저으며 탄식하는 모습도 보였다.

그런 상황에서 네 번째 도전자가 나타났다.

푸른빛이 은은하게 감도는 비단장포에 장검을 든 사내였는데, 양미간을 벼락처럼 가로지른 검상이 섬뜩한 느낌이 드는 자였다.

"녹류산장의 구담이다!"

군중 속 누군가 외쳤다.

과연 누가 이도굉을 상대할 수 있을 것인가 걱정하던 터에 이제야말로 독주를 막을 고수가 등장한 듯했다.

구담은 천천히 비무대의 중앙을 향해 걸어간 다음 이도굉을 향해 말없이 포권지례를 했다. 이도굉 역시 정중한 태도로 포권지례를 했다.

그 순간, 살극달은 구담의 움직임이 이상한 것을 보았다. 인체란 묘해서 한 곳에 부상을 당하면 전혀 관련없을 것 같은 부위에까지도 영향을 미친다.

오른쪽 엄지발가락을 다치면 어깨가 왼쪽으로 기우는 것과 같은 이치다. 같은 방식으로 어깨를 다쳐도 팔의 움직임이 묘하게 부자연스러워진다.

구담이 그랬다.

보통 사람의 눈에는 전혀 보이지 않은 미세한 것이었지만 살극달은 정확히 간파했다.

'복면인이 구담?'

전날 관제묘에서 첫 번째로 만났던 복면인에게 살극달은 기왓장을 던져 어깨를 맞춘 일이 있었다. 두 번째로 격돌한 복면인, 아마도 무리의 좌장인 듯한 그에게도 어깨에 일검을 먹였다. 확신할 수는 없지만 구담이 바로 그 두 명의 복면인 중 하나일 가능성을 배제할 수 없었다.

살극달이 간파한 것을 검노도 간파한 모양이었다.

"저놈, 어깨를 다쳤군."

"그걸 어떻게 알 수 있죠?"

장자이가 물었다.

"척 보면 알아."

검노의 명쾌한 답변에 장자이는 할 말이 없었다.

"난 이도굉에게 걸겠어."

매상옥이 말했다.

"나도 이도굉에게 걸겠어."

"그런 게 어딨어?"

"싫으면 네가 구담에게 걸든가."

"네가 그러면 그렇지. 관두자 관둬."

매상옥이 상종 못하겠다는 듯 고개를 절레절레 흔들었다.

장자이는 울상이 되었다.

어떻게든 매상옥을 이겨 기를 팍 죽여놓고 싶은데 방법이 없었다. 지금의 승부는 누가 봐도 이도굉의 우세였다.

원래의 실력대로 따지면 이도굉은 구담의 상대가 아니다. 소문에 듣기로 구담은 이번 용봉지연에 참가하기 위해, 정확히 말하면 자하부의 이천풍을 상대로 죽은 동생의 복수를 하기 위해 암동에서 폐관수련을 했다고 했다.

본래도 강자인데 절치부심하며 폐관수련까지 했으니 그 실력이 일취월장했을 것임은 자명했다. 이도굉이 제아무리 본 실력을 숨기고 있었다 한들 구담을 당하기엔 모든 면에서 한 수 아래였다.

하지만 어깨에 상처를 입었다면 얘기가 달라진다. 검수에게 어깨 부상은 치명적일 수밖에 없었고, 구담의 입장에서 실력이 턱밑까지 따라온 이도굉을 꺾기엔 무리였다.

그때 장자이의 귓속으로 살극달의 전음이 파고들었다.

[구담에게 걸어.]

[진심으로 하는 말이에요?]

[나를 믿어.]

살극달은 가타부타 설명하지 않았다.

나를 믿으라는 그 한마디에 장자이는 묘한 신뢰를 느꼈다. 여태 그가 했던 말 중에 틀린 게 있었던가. 잠시 고민을 하던 장자이는 매상옥을 향해 말했다.

"좋아. 난 구담에게 걸겠어."

"진짜?"

매상옥이 뜨악한 얼굴을 했다.

살극달이 조언을 해줬다는 걸 아는 검노 역시 의아한 표정을 지었다.

매상옥이 슬그머니 검노를 바라보았다.

정말로 해도 되는지 묻는 것이다.

검노가 손으로 턱수염을 쓸었다.

하라는 뜻이다.

"좋아. 이번엔 딴소리 않기다."

"너야말로."

매상옥이 음흉한 미소를 지었다.

곁에 있던 검노도 살극달을 바라보며 회심의 미소를 지었다. 내기는 어느새 살극달과 검노의 대결로 치닫고 있었다.

조빙빙은 이런 광경이 재밌는 듯 웃고만 있었다.

장자이는 왠지 모를 불안함에 살극달을 응시했다. 살극달은 무심한 얼굴로 비무대를 바라보고 있었다.

이미 한창인 비무는 순식간에 절정으로 치닫고 있었다. 치고 빠지는 동작이 이미 상당 시간이 흐른 것처럼 민활했으며 주고받는 검초 역시 금방이라도 피를 볼 것처럼 사나웠다.

검각의 떠오르는 샛별과 이미 강호에 무명이 자자한 청룡의 싸움은 지금껏 보아온 그 어떤 대결보다 폭발적인 힘이 있었다.

하지만 살극달의 눈엔 한 가지가 없었다.

그건 치열함이었다.

피를 보는 한이 있더라도 상대를 쓰러뜨려야겠다는 치열함이 지금의 싸움에는 없었다. 덕분에 두 사람의 격돌은 그어느 때보다 화려하고 박진감이 넘쳤지만, 살극달의 눈에는 각자 자신의 절기를 마음껏 펼쳐 보이는 대련 같았다.

이런 미세한 차이를 모르는 군웅은 이미 두 명의 고수를 쓰러뜨린 것도 모자라 구담을 상대로 백중세를 유지하는 이도굉을 향해 열렬한 환호를 보냈다.

이러다가 정말 이도굉이 구담을 꺾는 게 아니냐는 말까지 곳곳에서 흘러나왔다.

잔뜩 물이 오른 이도굉의 실력과 부상을 당한 구담의 상태를 감안하면 분명 그렇게 흘러가는 게 맞다.

몇 번은 정말로 구담이 위험한 상황에 부닥치기도 했다. 하지만 그때마다 구담은 귀신같은 신법으로 이도굉의 공세를 빠져나왔다.

적어도 겉으로 보기에는 그랬다.

하지만 살극달의 눈에는 구담이 위기에서 벗어날 수 있도록 이도굉이 기다려 주는 것처럼 보였다. 새가 날갯짓 한 번할 정도의 짧은 시간이었지만, 앞서 이도굉의 질풍 같은 움직임으로 볼 때 그건 분명한 배려였다.

"이거 뭔가 구린데?"

뒤늦게 무언가 이상함을 깨달은 검노가 말했다.

그 순간, 이도굉의 공세가 폭발하듯 사나워졌다.

순식간에 구담의 전권을 파고든 이도굉은 벼락처럼 회전하며 무려 다섯 번의 초식을 연달아 펼쳤다.

이동 거리만도 삼 장, 찰나의 순간 검이 그려낸 궤적의 크기만도 오 장에 육박했다. 흡사 거대한 꽃이 만개한 듯, 현란하고 화려한 신기였다.

구담의 목숨은 그야말로 백척간두에 놓였다.

그때 구담의 신형이 돌연 바람에 쓸린 가랑잎처럼 한 바퀴 공중제비를 돌았다. 그와 동시에 전권 속으로 찔러 넣은 검이 이도굉의 현란한 검무를 무참히 깨뜨려 버렸다.

까가강!

찢어지는 금속성이 연달아 울린 끝에 이도굉의 검신이 중단에서부터 터져 나갔다. 구담의 아래를 지나간 이도굉은 반토막 난 검을 멍하니 들고 있었다. 반면 허공으로 솟구쳤던 구담은 어느새 멋지게 착지를 한 상태였다.

이도굉이 자신의 검을 바라보더니 천천히 돌아서서 구담을 향해 포권지례를 해 보였다.

"제가 졌군요."

"훌륭한 검술이었다."

두 사람이 펼친 멋들어진 승부에 군중이 떠나갈 듯 함성을 질러댔다. 이렇게 되면 이도굉은 비록 패했지만 마지막 순간 입이 쩍 벌어질 정도의 현란한 신기를 보임으로써 자신의 존재감을 충분히 입증했다.

그가 초반부터 등장한 이유가 있었던 것이다.

구담은 구담대로 승리라는 실리를 쥐었으니 손해 볼 것이 전혀 없었다.

[대체 어떻게 안 거예요?]

장자이가 뜨악한 얼굴로 살극달을 바라보았다.

살극달은 가볍게 미소를 지었다.

해답은 간단했다.

살극달은 앞서 석단룡을 통해 십패의 후기지수들 사이에서는 승부가 정정당당하지 않을 수도 있다는 생각을 했다. 거기에 덧붙여 구담이 간밤에 만났던 복면인들 중 하나라면 더욱더 그랬다.

십패의 후기지수들은 세상에 알려지지 않았지만 하나의 조직을 이루고 있는 것 같았다. 자하부에서는 엽사담이 그 소속일 것이다.

이유야 어찌 됐든 내기에 이긴 장자이는 날아갈 듯한 얼굴로 매상옥을 바라보았다.

"어때? 내가 이겼지?"

매상옥은 원망 가득한 얼굴로 검노를 바라보았다. 검노는 검노대로 살극달에게 진 게 억울한 모양이었다.

"이건 무효야!"

검노가 외쳤다.

"어째서요?"

장자이가 물었다.

"이건 뭔가 구린 게 있다고."

"구리면 구린 대로 눈치를 챘어야죠. 그리고 왜 선배께서 그렇게 흥분하시죠?"

"흥분하긴 누가 흥분했다고 그래."

"지금 흥분하고 계시잖아요."

장자이는 검노가 더 뭐라고 하기 전에 매상옥을 쏘아보며 다짐을 받으려 했다.

"내가 분명 이긴 거다."

"이건 무효야!"

"딴소리 않기로 했잖아. 사내자식이 한 입으로 두말하기냐?"

"순수하게 네 선택도 아니었잖아."

"그러는 넌 뭐 네 판단이었냐?"

"그러니까 무효라는 거지."

한참을 티격태격하던 두 사람이 돌연 싸움을 멈추었다. 박수갈채와 함께 함성을 지르던 군중이 갑자기 찬물을 끼얹은 듯 고요해졌기 때문이다.

그새 또 한 사람의 도전자가 등장했다.

큰 부상을 당한 적 있는지 얼굴의 반쪽을 강철투구로 가린 장년의 검사였는데, 전신에서 풍기는 분위기가 장내를 얼려버릴 만큼 어둡고 침침했다.

한눈에 보기에도 범상치 않은 인물이었다.

도전자의 정체를 놓고 군웅의 웅성거림이 파도처럼 번져갔다.

중원무림에 얼굴의 반쪽을 투구로 가린 무인이 몇 명이나 되겠는가. 워낙 독특한 용모이니 이처럼 많은 사람 중 한 명쯤은 알아볼 법도 한데 도무지 괴인의 정체를 말하는 사람이 없었다.

단 한 사람, 살극달만은 그의 정체를 알아보았다. 그의 입에서 착 가라앉은 음성이 흘러나왔다.

"그가 왔어."

『비룡잠호(秘龍潛虎)』 6권에 계속…

촌부 新무협 판타지 소설
FANTASTIC ORIENTAL HEROES

천새
협로

『우화등선』,『화공도담』의 뒤를 잇는
작가 촌부의 또 하나의 도가 무협!

무림맹주(武林盟主), 아미파(峨嵋派) 장문인(掌門人),
군문제일검(軍門第一劍), 남궁세가(南宮勢家)의 안주인.

그들을 키워낸 어머니-
진무신모(眞武神母) 유월향(柳月香)!

어느 날, 그녀가 실종되는데…….

"하, 할머니는 누구세요?"

무한삼진의 고아, 소량(少兩)에게 찾아온 기이한 인연.

세상과 함께 호흡을 나눌 수 있다면[天地同息]
천하의 이치를 모두 얻으리라[天下之理得]!

이제, 천하제일인과 그녀가 길러낸
마지막 자손의 이야기가 펼쳐진다!

Book Publishing CHUNGEORAM

유행이 아닌 자유추구
WWW.chungeoram.com